Louis-Henri
de La Rochefoucauld

Les Petits Farceurs

roman

Robert Laffont

Ouvrage publié sous la direction d'Élisabeth Samama.

ISBN 978-2-221-27056-1
Dépôt légal : août 2023
Éditions Robert Laffont – 92, avenue de France, 75013 Paris

« Tiens, lui dit le sauvage républicain avec une affreuse bonhomie, tu pourras être un grand écrivain, mais tu ne seras jamais qu'un petit farceur. »

Balzac, *Illusions perdues*

Avant-propos

C'est la femme de ménage qui avait trouvé le corps de Paul chez lui cité de Varenne. Il gisait au milieu du salon. Ayant appris à connaître son facétieux employeur, elle avait d'abord cru à une mise en scène – il aimait lui faire des surprises. En pouffant, elle lui avait donné des petits coups de la pointe du pied. Tout autre patron y aurait vu un manque de respect ; mais l'indignation n'est pas le fort des cadavres.

L'employée avait fini par s'inquiéter de cette léthargie. Elle avait allongé l'homme sur le dos, vu son visage verdâtre, et le doute n'avait plus été permis : Paul Beuvron, l'homme aux mille masques et canulars, était bel et bien mort. La vie, c'est dommage, ne peut pas toujours être une comédie. Sa tête-de-loup dans une main, Claudia avait appelé la police de l'autre. Déjà qu'elle était mal payée, il ne fallait pas charrier… On sortait ici de son cœur de métier.

Dans le milieu qui était le nôtre, plein de mégères oisives et de bavards vipérins, ç'avait été un choc. Et l'ouverture du robinet à ragots. Suicide ou pas suicide ? Les plus farfelus étaient allés jusqu'à imaginer un règlement de comptes. Il est vrai que, avec son physique d'acteur américain, Paul Beuvron aurait été parfait dans un film noir. Et il faut rappeler qu'il s'était mis à grenouiller dans les marécages de la politique en devenant la plume d'Albert Bianchi, l'effrayant ministre de la Justice. Je me méfiais comme tout le monde de ce patapouf patibulaire issu de la pègre de la pire espèce. De là à dire qu'il avait commandité l'assassinat de son meilleur collaborateur…

En guise de nécrologie, Le Monde *s'était fendu d'une pleine page sur Beuvron, entre portrait et enquête. Auteur dans sa vingtaine du* Roman national, *livre génial resté sous les radars, le jeune auteur prometteur s'était reconverti pour survivre. Puisqu'il est désormais mal vu de parler de* nègres, *disons qu'il était écrivain fantôme, homme de l'ombre, marionnettiste, couteau suisse. Il avait à son palmarès bon nombre de best-sellers pondus à la chaîne pour des vedettes du showbiz, des grands patrons analphabètes, des gendelettres à moitié gâteux et autres vieux fauves fatigués. De fil en aiguille, son talent et son habileté avaient permis à Beuvron d'étoffer son carnet d'adresses et de se hisser jusqu'à la haute canaille qui conspire sous les ors de la République. Le costume était-il trop grand pour lui ? Beuvron, au fond, était un joueur désabusé plus qu'un carriériste ou un intrigant. Il était resté trop pur pour traîner plus que de raison avec les ambitieux du jour et les visiteurs du soir. Mais de quoi était-il mort, alors ?*

Tordant le cou aux rumeurs de meurtre, l'article du Monde *donnait la parole au médecin légiste en charge de l'autopsie. Selon lui, il s'agissait bien d'un suicide : Beuvron avait mélangé alcool et médicaments à son domicile. Ces conclusions ne me satisfaisaient pas.*

Il se trouve que j'ai bien connu Beuvron. Paul fut même mon meilleur ami pendant plusieurs années. Nous nous étions rencontrés en 2003 en classe préparatoire, où notre entente avait été immédiate. À certains égards, je le voyais comme un frère, voire un double – à ce détail près qu'il était moins désinvolte et plus désenchanté que moi, et surtout infiniment plus doué. Mais la vraie différence entre nous, la voici : en provincial motivé, Paul tenait à tout prix à réussir alors que, en Parisien blasé, il ne me déplaisait pas d'échouer pourvu qu'il y ait eu du bon temps. L'expérience intérieure et l'émotion vécue m'importaient plus que le résultat des courses. Nous voulions découvrir un jour ce qu'il y a derrière le rideau de la vie courante, aller de l'autre côté – *mais où, ça, nous ne le savions pas. Nous n'étions pas des mystiques, aussi la foi ne nous a-t-elle pas permis de passer du monde visible au monde invisible. Jeune homme, Paul parlait de montagnes poétiques, d'un Everest accessible par la face nord de la littérature. Je ne comprenais pas tout à son charabia. À l'arrivée, il n'a pas atteint les paradis perdus aux neiges éternelles : il s'est faufilé par l'entrée des artistes et n'a exploré que les coulisses de l'industrie culturelle, puis celles du pouvoir. Il a beaucoup travaillé, en a été déçu.*

Il y a neuf ans, mon mariage nous avait séparés, avant que la naissance de mes deux enfants n'enfonce un clou supplémentaire sur le cercueil de notre amitié. Quand nous nous revoyions Paul et moi, nous faisions semblant ; on rigolait toujours, mais il n'y avait plus le naturel d'antan. Il ne m'appelait plus que « la Ménagère » ou « la Femme de chambre », « la Bonniche » ou « Bobonne », parfois « la Souillon ». À ses yeux, j'avais définitivement raccroché les crampons : il continuerait seul de gravir des sommets imaginaires quand je descendrais les poubelles. Beuvron, enfin, que prétendais-tu dans le monde ? La verte jeunesse ne peut durer toujours…

De même qu'il arrive qu'on perde de vue son conjoint, les amis les plus proches s'éloignent peu à peu. Leur mystère s'épaissit. Vient un jour où ils sont devenus de parfaits étrangers. « Je vous demande pardon de ne pas vous avoir reconnu, j'ai beaucoup changé » : Oscar Wilde s'en tirait par cette pirouette quand il croisait dans les rues de Londres une ancienne relation. On croit que l'on est resté fidèle à soi-même et que ce sont les autres qui ont dévissé, que nos vieux compères pataugent dans l'égocentrisme et la folie. La vérité réside sans doute entre les deux.

Subsiste la promesse de la réconciliation, post mortem si nécessaire.

Homme pressé mais très organisé, Paul avait laissé un testament : il me léguait ses papiers, ses clefs et de quoi payer un an de loyer avant de libérer son appartement. Le temps pour moi de faire le tri et d'en tirer sa biographie, la vraie vie de Paul Beuvron. Il ne parvenait plus à écrire, mais voulait sans doute que quelqu'un lui rende justice. Pourquoi m'avait-il choisi plutôt qu'un autre? Malgré ma reconversion en Cendrillon accro aux tâches domestiques, je devais l'amuser encore.

J'ai passé de nombreuses soirées tout seul dans le salon de Paul, cité de Varenne, éclairé par la lumière orangée du lampadaire que nous avions acheté ensemble chez un antiquaire du boulevard de La Tour-Maubourg, assis dans le fauteuil usé où il s'enfonçait au temps où nous prenions des apéros qui s'étiraient jusqu'au lendemain matin. J'ai lu ses carnets, ses brouillons, sa correspondance et un journal intime qu'il avait tenu plus ou moins régulièrement depuis ses études. Il y a des scènes que j'ai reproduites ici sans changer grand-chose, d'autres que j'ai dû romancer faute d'éléments suffisants. J'ai assez vite compris que j'étais incapable d'en tirer un texte objectif, mes souvenirs se sont mêlés aux siens, et il m'arrive d'apparaître plus que je ne l'avais prévu. Je ne présente ici que ma version des faits. J'espère toutefois n'avoir pas trop inventé, ne pas raconter n'importe quoi. Je ne suis qu'un journaliste de troisième division : qu'on me pardonne ma pauvre langue, qui n'est que celle de mon siècle. En renouant le dialogue avec mon ami d'autrefois, j'en ai appris de belles. Et découvrir la véritable cause de sa mort m'a ému, profondément.

Henri d'Estissac, mars 2023

1.

Une prépa en forêt

Paul et moi venions d'avoir dix-huit ans. Le bac en poche et le cœur plein des illusions de la jeunesse, nous avions été admis en hypokhâgne au Centre Madeleine-Daniélou, un lycée de jeunes filles tenu par des religieuses sur les hauteurs de Rueil-Malmaison. Les garçons n'y étaient tolérés qu'en classes préparatoires. On pouvait remonter l'allée principale et ne croiser que des collégiennes et des bonnes sœurs, ce qui ravissait les pervers dont je n'étais pas.

À deux kilomètres de là se dressait le charmant château de Malmaison, offert à Joséphine de Beauharnais par Napoléon après leur divorce. L'impératrice délaissée y avait coulé des jours mélancoliques, c'est-à-dire heureux, à aménager à son goût le parc de Bois-Préau. Il lui arrivait de se promener en calèche sous les chênes du bois de Saint-Cucufa, autour de l'étang du même nom.

La forêt domaniale comptait alors deux cents hectares. Elle existait toujours, bordée par le centre équestre de Buzenval, la villa Stein construite par Le Corbusier, les golfs de Vaucresson et de Saint-Cloud, et le Centre Madeleine-Daniélou.

Ainsi était Daniélou : une prépa en forêt. Sur le papier, l'idéal pour se concentrer sur ses cours, apprendre des choses qui ne servent à rien et réviser des concours qui ne mènent nulle part. Nous étions coupés du monde, à l'orée du bois. Les mouettes sont rares à Rueil, mais la pelouse et la piste d'athlétisme me rappelaient St Andrew's, la pension anglaise où mes parents m'avaient envoyé l'année de mes onze ans. Le bon air du Sussex était censé me vivifier. À la dure et quoi qu'il en coûte, Eastbourne devait faire de moi un gentleman – le veston et la cravate rayée de l'école me donnaient des airs de vieil habitué du White's ou du Boodle's, ce qui me fait sourire en y repensant et me peinait tant au printemps 1996. Daniélou n'était pas meilleur pour le moral. Au vu du décor environnant, j'aimerais écrire que la prépa était installée dans un pavillon de chasse datant de l'Ancien Régime, une maison de maître XIXe ou un club-house fitzgéraldien, avec des jeunes gens sensibles en chandail de cricket. Par son architecture moderne et minimaliste le Centre Madeleine-Daniélou ressemblait plus à un centre pénitentiaire – ce que somme toute il était. Qu'allais-je donc faire dans cette galère ?

Mes parents me louaient une chambre chez l'habitant. J'étais à Rueil du lundi au samedi, et ne rentrais à Paris qu'après le devoir sur table. Là, je dormais. Le dimanche soir, après un dîner morose, mon père me raccompagnait en voiture. L'hiver, il faisait nuit noire. Il y en avait pour vingt-cinq minutes de route. Nous partions de Passy. Chaussée de la Muette, la première station de ce chemin de croix dominical consistait à s'arrêter au feu rouge sous les fenêtres du vaste appartement désert de ma grand-mère, qui avait quitté son domicile historique pour tyranniser les aides-soignantes d'une maison de retraite. Nous avions peu de choses à nous dire, alors, mon père et moi – aussi nous taisions-nous de longs moments. Nous traversions sans bruit le Ranelagh, square intemporel de mon enfance. Des souvenirs oubliés me revenaient devant le théâtre de marionnettes. Nous devinions derrière les arbres le musée Marmottan, et les ambassades de ces pays où je n'irais jamais, l'Afghanistan, le Gabon, Madagascar.

Au bout de l'avenue Ingres, après avoir franchi l'allée des Fortifications, nous entrions dans le bois de Boulogne. Il y avait d'abord les deux lacs, le Chalet des Îles au loin, et tout de suite la cascade sur la droite, Les Folies Gruss sur la gauche. Avenue de l'Hippodrome, bien des endroits auraient dû nous inciter à descendre de la voiture : le Racing, le Pré Catelan, la bien nommée Auberge du Bonheur. Il était encore temps de bifurquer, de faire l'école buissonnière. Mais ma mère payait d'énormes frais de scolarité, il était du devoir du conducteur de me ramener à Rueil, pieds et poings liés. Nous ne nous arrêtions pas plus au château de Longchamp, à la roseraie de Bagatelle, au golf du Polo. Mon père accélérait crescendo et la féerie s'effilochait. Nous avions laissé filer toutes ces invitations au voyage, la Seine apparaissait sous les phares de la voiture, nous traversions le fleuve, basculions d'une rive à l'autre, une boule grossissait dans mon ventre, qui ne me quitterait plus jusqu'à la fin du trajet. Alors c'étaient Suresnes, Saint-Cloud et la montée vers Rueil.

Mon père m'abandonnait devant la maison où je créchais. Mon loyer permettait aux propriétaires de joindre les deux bouts. La mère de famille était plutôt gentille, son mari, acariâtre et exigeant. Il m'espionnait quand je passais l'aspirateur dans ma chambre. Selon mon contrat j'étais censé m'acquitter d'une demi-heure de ménage par semaine. Quand j'avais le toupet de m'arrêter avant, il sortait de ses gonds, façon marâtre – comme quoi mon côté Cendrillon ne date pas d'hier. Je mettais sa mauvaise humeur sur le dos du chômage, auquel il ne trouvait pas d'issue. Il ne faisait que fumer. À mon arrivée le dimanche, vers vingt-deux heures, il était généralement seul au salon à tirer sur son mégot. Il me regardait d'un air mauvais. Que je n'hésite pas, surtout, à lui demander l'aspirateur. Ou des lingettes. Le balai. Enfin de quoi briquer ! De quoi garder le cap. Rester digne. On doit beaucoup faire le ménage, dans la vie, en attendant la mort. Je lui souhaitais sans y croire une bonne nuit et fermais ma porte. Il faudrait tenir jusqu'au samedi suivant.

En entrant en hypokhâgne je pensais tomber sur des *poètes* – j'emploie ce mot avec des pincettes, conscient de sa connotation ridicule. J'entends par là des gens assoupis, paresseux, passionnés par les livres et sans attirance particulière pour le bagne. Sauf que nous n'étions pas à Daniélou pour bayer aux corneilles mais pour casser des cailloux.

Le corps enseignant, déjà, ne donnait pas envie. La directrice de l'établissement, vieille fille consacrée, était un pot à tabac doté à l'avant d'un œuf colonial et à l'arrière d'une bosse du plus bel effet. Une sorcière? N'exagérons rien. Disons qu'elle n'était pas vraiment mariale avec ses cheveux en brosse et une voix de rogomme dans laquelle elle parlait comme un charretier. Avec ça, un teint rougeaud, des yeux fixes, une trogne de piranha congestionné. Je ne trahirai pas le secret de la confession en dévoilant qu'elle buvait. Énormément.

Le professeur de lettres, un sinistre croque-mort que nous appelions «Faucheuse», voulait assécher en nous toute idée originale, tout élan créatif. Il ne jurait que par un classicisme muséifié. Pour lui, la littérature avait sa place au cimetière – et qu'on n'aille pas cracher sur les tombes. Personne ne devait rester vivant. Vous auriez assis dans la classe de cet éteignoir un intarissable graphomane genre Victor Hugo, il aurait fini l'année aphasique.

Moins vaillant que l'auteur de *La Légende des siècles* je sortais de chacun des cours de Faucheuse les pieds devant.

Près du radiateur un esprit indépendant faisait de la résistance. Paul Beuvron semblait en grande santé, comme chaussé de bottes de sept lieues quand il arrivait le matin. Hormis une écharpe écossaise rouge, il n'était vêtu que de noir, avec un duffle-coat et une longue mèche brune qui lui tombait jusqu'au milieu de la joue. Nous ne nous étions encore jamais adressé la parole avant de nous retrouver côte à côte à l'un des cours de Faucheuse. Deux heures de supplice plus tard, il a rompu le silence :

«C'est un poison ce type, non? Aussi nocif que l'arsenic ou le cyanure. Il va nous tuer. À ce rythme-là, on sera tous au Père-Lachaise à la Toussaint.»

Malgré un nom à consonance normande, Beuvron venait de l'Isère. Plus précisément de Grenoble, comme Stendhal avant lui. Très sportif, et même casse-cou, il avait gagné quelques compétitions d'escalade. Il était tout aussi doué pour les lettres, encore auréolé de ses deux titres de lauréat du concours général, en français et en philosophie. On peut s'étonner qu'une telle flèche ait choisi Daniélou plutôt que Louis-le-Grand, Fénelon ou Condorcet. Daniélou intégrait de plus en plus d'élèves à Normale sup', et les parents de Paul avaient dû juger préférable de confier leur fils à des bonnes sœurs installées en bordure de forêt plutôt que de le livrer sans défense aux dangers de Paris.

De quel milieu social mon ami était-il issu ? Je ne l'ai su qu'après sa mort, en rencontrant sa mère. Il se disait athée et d'extrême gauche, mais avait le port d'une cathédrale gothique et un humour d'anarchiste de droite. À dix-huit ans, il dégageait déjà une forme de majesté, où certains voyaient de la morgue. Ça, on n'en ferait pas un délégué de classe. Trop *happy few*. Il laissait à d'autres le soin de bachoter les leçons mortifères de ce foutriquet de Faucheuse. À cet âge où l'on aime dédaigner les auteurs officiels, Paul s'intéressait aux écrivains réunis par André Breton dans son *Anthologie de l'humour noir* : Jonathan Swift, le marquis de Sade, Alfred Jarry, Arthur Cravan… Il reprochait quand même son casting à ce livre élitiste. Baudelaire, Huysmans et Rimbaud étaient pour lui trop communs :

« C'est surcoté… Le dérèglement de tous les sens, c'est bien pour les bourgeois en manque de frissons. C'est bon pour Faucheuse. »

Nous déjeunions et dînions ensemble à la cantine, discutions entre les cours et rentrions par le même chemin, le soir, via l'avenue de la Châtaigneraie ou la rue Lionel-Terray. Qui était ce Terray ? Encore un Grenoblois. Paul connaissait quelques épisodes de la vie de cet alpiniste qui avait participé à l'expédition française de 1950 à l'Annapurna, auprès de Maurice Herzog. Terray avait ensuite vaincu le Fitz Roy en Patagonie et le mont Huntington dans la chaîne d'Alaska, il avait crapahuté dans la cordillère Blanche, dans les

Andes péruviennes, avant de mourir bêtement d'une chute dans le plus vulgaire massif du Vercors, ce qui lui avait quand même valu la couverture de *Paris Match* en 1965. De là est né le délire de Paul l'Isérois autour de la montagne, de l'ascension, de ce passage de ce monde à un autre par des chemins escarpés que lui seul croyait connaître…

« Arrête de te prendre pour Lionel Terray », lui disais-je parfois quand il s'agissait de le calmer.

Si le Centre Madeleine-Daniélou était notre prison il ne serait pas notre tombeau. À défaut de pouvoir forcer ses portes, nous devions nous évader par d'autres voies : celles de la perception. Ascète à sa façon, Paul était contre les drogues et les stimulants. Même l'alcool, alors, lui faisait peur. Garçon curieux, aux intérêts multiples, il se passionnait pour l'Inde. Il n'avait pas besoin de beaucoup dormir, aussi étudiait-il le sanskrit en autodidacte au cours de ses insomnies. Il se rêvait fakir, en pleine lévitation.

Ses parents lui louaient une chambre dans une belle villa cossue dont la propriétaire, Charlotte de son prénom, avait du mal à payer les charges. À l'origine, Charlotte avait choisi cette maison pour que son mari, artiste en quête de reconnaissance, puisse s'installer un studio au sous-sol. Sauf qu'elle n'avait pas épousé Jean-Sébastien Bach. Intermittent du spectacle, le musicien était tout le temps parti dans des tournées foireuses dont il rapportait des cacahuètes. Charlotte de son côté venait de décrocher un poste à la Sorbonne. Elle avait trente-six ans, soit deux fois dix-huit ans, l'âge de Paul plus le mien, ce qui nous paraissait beaucoup – elle était née en 1967, sous le général de Gaulle. Elle nous avait pris en affection. Paul disait haut et fort qu'il serait écrivain et boxeur, qu'il disparaîtrait au large de Salina Cruz comme Arthur Cravan, son héros du moment. Sa logeuse riait de ses goûts littéraires affectés, affirmait qu'un jour il retournerait, plein d'usage et raison, à Balzac et à Flaubert. Elle avait soutenu une thèse de doctorat sur le moustachu misanthrope, et nous incitait à relire, ou plutôt à lire, *L'Éducation sentimentale* et *Madame Bovary*, ainsi que sa savoureuse correspondance. Je la voyais comme une jeune tante ou une grande cousine, mais Paul semblait plus ambigu. Dans le genre beau ténébreux, il plaisait beaucoup aux filles. Plusieurs élèves de notre classe en pinçaient pour lui et les lycéennes rougissaient quand nous en croisions dans l'allée centrale de Daniélou. Il m'assurait qu'elles ne l'intéressaient pas et qu'il préférait les femmes plus âgées, «comme tout homme de goût». Je me demandais quelle était la nature de sa relation avec Charlotte. Ses yeux à elle pétillaient dès qu'il entrait dans une pièce. Elle avait les mêmes centres d'intérêt que lui, riait à tout ce qu'il disait et ne pouvait qu'être attirée par ce type plein de fougue et d'esprit. Pourquoi ne prendrait-elle pas Paul comme amant? Elle n'avait pas d'enfants. Ce ne serait qu'un passe-temps sans conséquence, le divertissement d'une saison – l'étudiant avait l'air partant et l'intermittent n'en saurait rien, incapable qu'il était de lire ce genre de partitions…

Paul ne m'a jamais rien avoué. Entre nous, il appelait le mari de Charlotte « l'Orgue de Barbarie », et une forme de mépris contenu se lisait sur son visage. Les six premiers mois de l'hypokhâgne, j'ai tenu la chandelle. Quand le malheureux Orgue était en tournée, Charlotte organisait des dîners où le vin nous mettait, tous trois, de meilleure humeur. Nous passions ensuite au salon. Elle sortait de la vodka et les vieux disques que ses parents écoutaient quand elle était enfant, la bande-son moelleuse de l'Occident des années 1970 : Supertramp, Eagles ou Fleetwood Mac. Après quelques verres, ça ne ratait jamais, Charlotte voulait danser. « I Feel Love » de Donna Summer grésillait alors sur la platine. Elle montait le volume. Paul se levait à son tour, la prenait par la main. Et moi, pendant ce temps-là, je feignais de bâiller ou de réfléchir à des choses profondes, tel Platon perdu dans une boum, qui prendrait des notes pour écrire une suite au *Banquet*. Hélas, j'étais plus grand que les coussins du canapé ; je demeurais visible, gênant, je ne pouvais pas éternellement faire tapisserie – aussi m'esquivais-je sur la pointe des pieds en les laissant là, un peu ivres, souriants et ravis.

Entre deux étreintes, mon ami ne perdait pas de vue les concours. Elle-même normalienne et agrégée de lettres, Charlotte l'initiait à de nouvelles facettes de l'amour tout en l'aidant à peaufiner son sabir universitaire. Sa mémoire d'éléphant permettait à Paul de tout apprendre du premier coup, ses facilités faisaient le reste. Il rendait des copies impeccablement carrées, se classait premier dans toutes les matières.

«Je ne comprends pas que tu ne comprennes pas, Henri : il n'y a pas besoin de sortir de Saint-Cyr pour préparer Normale sup' !

— Ce qu'on attend de nous est trop délirant.

— Les règles sont ridicules, bien sûr, mais il suffit de les suivre au pied de la lettre. Fais comme moi : sois aussi idiot qu'on te le demande, et tu cartonneras.»

Malgré son côté fanfaron, Paul savait se contrefaire. Ce garçon brillant et paradoxal était traversé par des forces contraires : viser l'Annapurna ne l'empêchait pas de nourrir des ambitions plus terre à terre. Il assurait chercher des mots de passe vers un autre monde, mais il était clair qu'il voulait tout autant réussir dans la morne réalité. Les maudits, pourtant, ne mènent pas la grande vie. On ne peut pas avoir le spleen et l'argent du spleen. J'ai compris à son contact que je ne serais jamais quelqu'un. Je n'étais pas animé par la même énergie, ni par cette envie d'en découdre. Avoir eu des ancêtres bien placés à la Cour m'avait appris qu'il faut fuir une lumière trop éclatante, la disgrâce n'étant jamais loin. Sans être un crack, j'étais très calé en littérature contemporaine, bien plus que Paul qui ne lisait que les morts. Rue Lionel-Terray, je nous répartissais ainsi les rôles quand nous imaginions l'avenir en revenant après les cours : il serait le grand écrivain de notre génération et moi un feuilletoniste à la petite semaine. Je me voyais bien en Monsieur Loyal à queue-de-pie mitée, assis à manger du pop-corn au bord de la piste du cirque. Je n'aspirais qu'à disparaître au fond du décor, en spectateur spectral – un fantôme notant quelques flashes, le chroniqueur mondain d'un théâtre d'ombres ou le chef du protocole de je ne savais quel club clandestin.

Quand l'échec me tendrait-il enfin les bras? D'ici là, je flânais. Les soirs où Paul restait travailler à la bibliothèque après le dîner, je rentrais seul. Et aux heures creuses de l'après-midi, j'allais me promener dans le bois de Saint-Cucufa, nettement moins *gratin* que dans les années 1800. On n'y croisait plus la calèche de l'impératrice Joséphine, mais quelques retraités sortant leur chien, un ou deux cyclistes, et très vite plus personne. Je prenais un chemin au hasard. Au milieu des feuilles roussies à l'automne, dans la gadoue pendant l'hiver, puis sous le soleil au printemps, quand s'approchaient l'été et les grandes vacances, je me retrouvais face à moi-même, avec cette espèce de courant d'air que l'on ressent parfois au niveau du cœur, une tristesse que l'on prend plaisir à habiter, en y installant un rocking-chair et en se faisant infuser une tisane. Cet état d'âme, que j'avais découvert enfant à Eastbourne lors des dimanches sans fin où j'arpentais sous un ciel gris le parc du collège, il me rattrapait inchangé sept ans plus tard à Rueil. À la fois une seconde peau et un abri intérieur, un bunker cosy qui tiendrait le choc jusqu'à la vieillesse, au bout de la forêt. Les cours de Daniélou ne correspondaient pas à ce que je cherchais dans les livres, à ce que j'attendais de la vie. Mais qu'espérais-je, au juste ? Je n'en savais rien, deux heures avaient filé, et les mains au fond des poches je retournais vers les couloirs hostiles de la prépa, son self guère plus riant et une large assiette de nouilles froides.

En khâgne, j'en ai eu ras la casquette de toute cette blague, de ce jargon, de cette bêtise. Il n'y avait pas que Faucheuse et la religieuse avinée. Il fallait y ajouter un hégélien pontifiant côté philo et le toqué en charge de l'anglais, qui nous gavait de vocabulaire comme des oies des Cornouailles. Il était trop tatillon sur la prononciation pour que ça ne cache pas quelque trouble mental. Un jour, c'était sûr, il perdrait la raison en salle de classe. Qu'adviendrait-il alors ? Rueil-Malmaison, ou le monde à l'envers. Dans les romans d'apprentissage classiques, un jeune gandin quitte sa province pour tenter sa chance à Paris. Après dix-huit ans dans la capitale, j'allais en bon masochiste me faire marabouter par des maboules dans une banlieue anciennement chic. À nous deux, Rueil ? Qu'ils se taisent, tous autant qu'ils étaient. Taisez-vous !

Entre mon hypokhâgne et ma khâgne, ce faux jeton de Faucheuse avait remplacé l'alcoolique à la tête de leur asile de fous. Belle promotion. Peu avant les concours, il m'a convoqué dans son bureau pour me remonter les bretelles :

« D'Estissac, êtes-vous heureux parmi nous? Vous êtes-vous bien épanoui au cours de ces deux riches années de formation intellectuelle, spirituelle et humaine?

— Je ne dirais pas cela.

— Que reprochez-vous au Centre Madeleine-Daniélou? »

Sans entrer dans les détails, j'ai accusé Daniélou de m'avoir anéanti. Des électrochocs ne m'auraient pas fait plus de mal. J'avais le sentiment d'être un singe. Ou un légume. Je ne respirais plus. Il me fallait vite une chambre à Davos, une chaise longue, deux ou trois couvertures, un thermomètre, une bouillotte et surtout du repos. Beaucoup de repos. Dix ans dans un sanatorium : voilà ce qui m'attendait en sortant de deux ans à Daniélou.

« Après tout ce que nous avons fait pour vous ! Avec tous les savoirs que nous vous avons transmis !

— Vous pouvez les garder. Je n'en veux pour rien au monde.

— Vous ne vous en tirerez pas comme ça, croyez-moi... Que comptez-vous faire plus tard?

— J'aimerais m'amuser.

— Rira bien qui rira le dernier ! Que deviendrez-vous à trente ans? Et à quarante ans? À cinquante ans? Il faut réussir sa vie, Henri. Et pour cela vous aurez besoin de trouver un emploi, vous comprenez? Un emploi ! »

Faucheuse avait pour sa part une bonne situation : la mort était son métier. Il était ivre de rage de ne pas avoir eu ma peau. Mais n'avait pas renoncé à arracher mon scalp.

« Vous n'êtes qu'un malade imaginaire ! Je ne sais pas si ça vous chatouille ou si ça vous gratouille, mais je sais que vous vous moquez du monde…

— Je suis au bout du rouleau.

— Vous ternissez la gloire du Centre Madeleine-Daniélou. Vous êtes la honte de Rueil. Et cela va cesser ! »

Ah, les bonnes années du service du travail obligatoire… L'âge d'or de l'esclavage. Le temps béni des colonies. Faucheuse maniait le fouet. Il n'avait pas l'obligeance de Fagon, le médecin de Louis XIV. Pourquoi refusait-il de me faire une saignée ?

Au lieu d'être admis aux urgences, j'ai été renvoyé de la khâgne au printemps 2005. Sauf que ma mère avait payé le dernier trimestre. Elle a appelé Faucheuse pour lui demander de me garder jusqu'à la fin de l'année. La fripouille a trouvé la parade : j'avais interdiction d'entrer dans ma classe, au motif que ma nonchalance goguenarde tirait mes camarades vers le bas ; il m'avait donc établi un programme de révisions à potasser seul dans la bibliothèque, sous la surveillance d'une vieille célibataire qui œuvrait bénévolement pour l'établissement. Avec un tel dispositif, Faucheuse était convaincu que je n'y couperais pas : je me mettrais enfin au sacro-saint travail.

Je me suis tourné les pouces dans tous les sens. J'ai approfondi mon art de la sieste, caché derrière de volumineux manuels de philosophie. Quand je ne dormais pas, le nez au-dessus de mes livres, je contrôlais les allées et venues. Les fenêtres de la bibliothèque donnaient sur le préau : je voyais mes amis marcher hagards vers l'échafaud des concours.

J'étais le paria de la prépa, le mal-aimé de Malmaison, l'exclu du rêve rueillois… On en riait beaucoup, Paul et moi. Lui avait su zigzaguer parmi ces zinzins. Au bout de ces deux années de n'importe quoi, j'ai eu les plus mauvaises notes de notre promo et lui a été reçu major à Normale sup' – non pas rue d'Ulm, à Paris, mais à Lyon.

Après avoir rendu nos chambres respectives, nous avons pris une bière chez Mamie, le premier bistrot qu'on trouvait dans le coin en descendant depuis Daniélou. J'attendais que mon père vienne me chercher en voiture, Paul semblait moins pressé de retourner à Grenoble. Il aurait fallu nous prendre en photo, immortaliser cet instant, car nous étions ce que nous resterions toujours derrière les rides, les masques, les années : deux petits farceurs du bois de Saint-Cucufa. Mais, sous cette image trompeuse, nos chemins s'étaient déjà séparés : j'étais parti dans une longue dérive en dehors des clous qui n'a plus jamais cessé, et Paul avait commencé de jouer le jeu de la respectabilité et du sérieux. Il aurait dû se réjouir de sa réussite, au lieu de ça il faisait grise mine. Il s'était retranché derrière son air indéchiffrable des mauvais jours. Il m'avait juste lâché qu'ils s'étaient fâchés, Charlotte et lui, et qu'il pensait couper définitivement les ponts. Je n'avais pas compris pourquoi. Maintenant que je sais, je me dois de le dire.

2.

L'amour en fuite

En triant, cité de Varenne, les archives de Paul je suis tombé sur un roman inachevé intitulé *Joséphine.* Dans un style rappelant tour à tour Benjamin Constant et Maupassant, mon ami racontait la joie et la douleur d'un garçon de dix-neuf ans aux prises avec une passion coupable pour une femme qui avait l'âge d'être sa mère.

Il ne fallait pas être grand clerc pour reconnaître Charlotte derrière Joséphine. Sa silhouette et son tour d'esprit, sa coiffure, ses fossettes et ses manières : vingt ans après, je la retrouvais telle que nous l'avions connue, Paul de très près, moi de plus loin. Je lisais en apnée, le papier me brûlait les doigts. Malgré la réinvention romanesque, on sentait que ç'avait été écrit sur le vif. Une forme de fatalité montait peu à peu, il ne s'agissait pas d'un livre léger. Il n'y avait pas de fin. Des chapitres entiers étaient rayés, on devinait que la séparation avait été inévitable, mais que l'auteur, gêné, n'avait pas su dans son manuscrit imaginer une sortie satisfaisante.

Je n'avais pas revu Charlotte depuis juin 2005. Au début de mes années de vagabondage à la Sorbonne, je m'étais présenté deux ou trois fois à son bureau; trouvant porte close, je n'avais pas insisté. Il m'a été facile de dégoter son adresse professionnelle. J'ai jeté une bouteille à la mer. Elle ne m'a pas répondu tout de suite. Je n'y pensais plus quand, miracle, elle m'a proposé que nous prenions un verre à L'Écritoire à la fin de l'un de ses cours.

Il y avait du vent, ce jour-là, place de la Sorbonne. Les rares passants portaient des écharpes. Je faisais le guet près de la fenêtre, ne me laissant pas distraire par le seul autre client que moi, lequel toussait au fond de la salle. Je n'étais pas à mon aise dans ce café désert qu'elle avait choisi et qui me rappelait de vieux souvenirs, cette époque où je séchais les cours et allais acheter des livres de poche d'occasion que je lisais là, avec un chocolat chaud ou un demi, en fonction de l'heure. Je prolongeais parfois par une omelette au Reflet, rue Champollion, qui était pour nous autres étudiants de la Ve République finissante ce que fut jadis Flicoteaux à ceux de la Restauration – l'adresse des étudiants aux ventres vides n'ayant pas encore les moyens financiers de leurs ambitions.

J'appréhendais ces retrouvailles, onze mois après la mort de Paul. J'avais les mains moites, preuve de mon imbécillité car sous son franc-parler Charlotte était la douceur même. Je repensais aux disques que nous écoutions chez elle, j'entendais dans ma tête ces airs d'autrefois quand elle est apparue. Au moment où nos regards se sont croisés, je ne savais plus où me mettre, je ne voulais pas passer à côté de cette discussion et, en même temps, j'étais prêt à décamper. On aimerait que nos vies soient plus intenses et quand l'occasion se présente enfin on peine à profiter de l'instant. Même les acteurs ont le trac. L'âme humaine s'est quelque peu attendrie depuis les gladiateurs.

Charlotte n'avait pas tant changé, ses traits s'étaient juste un peu creusés, et ça lui allait bien. J'ai été surpris qu'elle me serre la main, comme à un étranger, ou à une vague relation professionnelle, mais en une phrase elle a su nous téléporter dans le passé – j'étais à nouveau ce jeune homme qu'elle intimidait par son espièglerie, son côté pas dupe, cette souveraineté naturelle qu'ont certaines filles sur nous autres bluffeurs.

« Qu'est-ce que tu as vieilli, Henri !

— Tant que ça ?

— Je plaisante, rassure-toi. Au moins tu es toujours vivant. J'étais allée à l'enterrement de Paul, tu sais ?

— Tu rigoles ? Mais il n'y avait quasiment personne, je t'aurais vue… Tu étais où ?

— Invisible à l'entrée de l'église. Dans le noir, derrière un pilier. Après toutes ces années, c'était ma juste place.

— Comment avais-tu appris sa disparition?

— Par l'article du *Monde*, où ils revenaient sur tout son parcours… Et j'avais vu l'annonce de sa mort dans le carnet du jour du *Figaro*.»

C'est moi qui avais payé cette annonce dans *Le Figaro*, il m'avait semblé que ça devait être fait. Charlotte a commandé une infusion, une verveine de mémoire. Je n'arrivais pas à trouver le bon ton. La facilité aurait été de l'emmener vers une forme de frivolité, un badinage sans importance, mais au fond de moi je voulais des aveux. Sauf que je n'aimais pas non plus le côté formel de ce face-à-face, façon parloir. Je ne voyais pas comment m'en tirer.

«J'ai relu *Le Roman national* depuis. C'était pas mal, quand même… Paul t'avait raconté qu'il avait commencé à l'écrire chez moi, à Rueil?

— Je croyais qu'il passait alors ses nuits à se prendre pour un fakir?

— Soyons sérieux, Henri : fakir n'est pas une activité à plein temps. Dès son entrée en hypokhâgne, Paul a eu ce projet de pastiche qui récapitulerait toute la littérature française de Chrétien de Troyes au XXIe siècle. Il me piquait mes vieux volumes du *Lagarde et Michard*, je lui prêtais plein d'autres trucs, il me donnait à lire quelques pages, on écrivait à quatre mains, on faisait des cadavres exquis, c'était un jeu entre nous…

— Il me l'avait caché.

— S'il n'avait caché que ça… Il avait cette sorte de pudeur, de flegme de façade. Il était très secret, une tombe – ce qui aujourd'hui lui va bien.

— Nous avions ça en commun.

— Toi, une tombe ? Tu parles ! Paul disait tout le temps que tu es une super pipelette ! »

Cancans et commérages : je retrouvais là ma mauvaise réputation de jésuite défroqué riant sous cape. Je devais me défendre.

« Les pipelettes ne racontent pas que des bêtises. Et on est bien content de les croiser quand il faut avoir le fin mot de l'histoire. Tacite et Tite-Live en étaient, je ne parle pas de Polybe et Hérodote, et on peut remonter plus loin… Depuis l'Antiquité, elles sont au service de l'humanité. La vérité sort de la bouche des pipelettes !

— *Pipelette*, ce n'était pas un reproche chez Paul. Il répétait même que tu aurais pu être un mémorialiste correct, que tu t'étais peut-être juste trompé d'époque. Vous étiez rigolos, tous les deux. Le brun aux cheveux forts et le blond qui se déplumait déjà. Le premier de la classe et le bon dernier. Le chevalier et la concierge…

— Ce n'est pas un peu fini ? Pipelette, concierge, arrête avec ça ! »

Charlotte a ri franchement. Au moins avais-je réussi à détendre l'atmosphère.

« Toi aussi, tu m'amusais. Ce furent deux belles années, tous ensemble. Nous étions jeunes. Tu te rends compte que je vais bientôt avoir soixante ans ?

— Tu parais vingt ans de moins.

— La flagornerie ne prend pas, Henri, laisse tomber… Et toi, alors ? Qu'es-tu devenu ? Qu'as-tu fait de ton talent ? J'ai lu parfois ton nom dans la presse, mais je n'ai pas tout suivi…

— J'écris des articles dans le magazine *Avant-garde*, en effet. Je n'ai jamais publié de livre. J'ai eu deux enfants et j'ai perdu mes cheveux – voilà au moins quelque chose qu'on ne m'enlèvera plus.

— Brillante réussite ! Et comment en es-tu arrivé là ?

— Après Daniélou, j'ai suivi de très vagues études à la Sorbonne. Cela m'aurait fait plaisir de t'y recroiser, mais je ne t'ai jamais vue. À croire que tu y as un emploi fictif.

— Je t'ai aperçu plusieurs fois, moi… Pour tout t'avouer, j'ai préféré t'éviter.

— Pourquoi ?

— Disons que la blessure était encore trop vive. »

Elle a regardé sa montre avec anxiété. J'avais la sensation qu'après avoir tenu momentanément une note allègre nous retombions dans un certain malaise. Charlotte n'avait bu que la moitié de son infusion, mais elle a repoussé sa tasse d'un geste de la main.

« Je dois y aller…

— Tu rentres comment ? En métro ?

— À vélo. »

Pris par un mouvement de folie qui ne me ressemble pas, je me suis enhardi à la raccompagner. Il me fallait jouer mon va-tout.

« Je ne devrais peut-être pas te dire ça, Charlotte…

— Quoi ?

— Dans le foutoir des affaires de Paul, j'ai trouvé un manuscrit qui parle de toi. J'ai beau avoir l'air bête, j'avais bien compris que vous étiez ensemble à l'époque, et je sais que vous avez rompu quand Paul est parti pour Lyon.

— C'est pour ça que tu m'as écrit ?

— Non, mais…

— Je me doutais bien que tu avais une idée en tête. Bon, à toi je peux le dire. Tu étais son meilleur ami. Je sais que tu es incapable de tenir ta langue, mais au moins tu n'écris pas de romans et nous ne connaissons plus personne en commun. Et puis c'est tellement lointain…

— Je ne veux pas te retarder. Sens-toi libre d'y aller, si ça t'embête… »

Elle serrait nerveusement le guidon de son vélo, regardait ses pieds chaussés de bottines fourrées. Elle avait une voix blanche quand elle a relevé des yeux légèrement humides.

La vérité était qu'elle n'arrivait pas à avoir d'enfant avec son mari, celui que nous appelions l'Orgue de Barbarie. L'année de notre khâgne, elle allait avoir trente-huit ans. Elle devait se dire que c'était sa dernière chance. Elle était tombée enceinte de Paul dans l'élan de la passion, deux mois avant les oraux de Normale sup'. Elle ne roulait pas sur l'or, c'était un fait, mais ils se seraient débrouillés. Elle était prête à tout plaquer pour cet amant de dix-huit ans de moins qu'elle ; il ne s'agissait pas d'une aventure à ses yeux, elle l'aimait vraiment.

Paul n'avait pas été de cet avis. Il s'était fermé tout de suite, il avait soudain été impossible de lui parler. Leur histoire n'était pas classique, et alors ? Quand il cherchait à séduire Charlotte, Paul lui disait que sous son apparence de bourgeoise rangée elle était plus sauvage qu'il n'y paraissait. Du jour au lendemain, cette liberté lui avait fait peur. Le ton était monté, ils avaient eu des engueulades terribles, des scènes de ménage dont elle ne les croyait pas capables. Elle lui avait demandé ce qu'il avait cherché pendant ces deux années. Qu'était-elle pour lui ? Une simple passade ? Elle n'était pas assez riche, ça devait être ça, et lui ne valait pas mieux qu'un gigolo… Le mutisme de Paul avait été sa seule réponse.

« Je suis désolé.

— Je n'ai aucune idée de la vie qu'il a menée, après moi. »

Charlotte n'avait pas, non… Elle a compris que j'avais compris. Ne sachant pas quoi faire, morte d'inquiétude, elle avait tout caché à son mari. Un mois plus tard, elle avait perdu l'enfant naturellement. C'était sans doute mieux comme ça. L'année suivante, elle avait demandé le divorce et déménagé. Elle n'avait plus jamais rencontré quelqu'un de valable. Malgré sa fuite, Paul avait gardé une place à part en elle. Je sentais que ç'avait été l'un des chagrins de sa vie. Le plus grand, peut-être. Oui, assurément le plus grand.

Cette fois-ci, Charlotte m'a fait la bise, puis un petit geste de la main. Je l'ai regardée repartir rue des Écoles. De dos, elle avait l'allure d'une étudiante. Dire qu'elle allait sur ses soixante ans. Ça m'avait frappé, quand elle m'avait dit ça l'air de rien. Nous n'avions pas vu le temps passer.

Elle s'est mise en danseuse sur son vélo Peugeot rouillé, un bus s'est interposé entre nous et je l'ai perdue de vue. J'ai ressenti un pincement au cœur. Je me souvenais des rues calmes de Rueil, de nos soirées dans la maison de Charlotte, des feux de cheminée qu'elle allumait l'hiver, du grésillement de sa platine, du goût de la vodka, du rire de Paul. Le premier de cordée avait laissé tomber dans une crevasse cette fille qui lui était si chère. Et je ne connaissais pas encore tous ses secrets. J'étais miné par cette histoire d'amour gâchée qui pourtant ne me concernait pas directement. Voulant comprendre ma tristesse, comme on attend, enfant, qu'un ciel se dégage, j'ai marché jusqu'à Sèvres-Babylone avant de reprendre le métro. Rien ne s'est éclairci.

3.

Les guides de haute montagne

En hypokhâgne, une seule chose m'électrisait : *Avant-garde*. C'était ma joie du mois que d'aller l'acheter le mercredi après-midi à la petite maison de la presse de Rueil. Je regagnais ma chambre en courant, saluais poliment mon chômeur de logeur. Après m'être débarrassé de ma corvée de ménage, après avoir enlevé mon tablier et mon fichu, je plongeais tête la première dans le magazine. Un nouveau monde s'ouvrait.

Avant-garde ne parlait que d'artistes louches dont je ne savais rien et de phénomènes générationnels encore plus improbables. Les journalistes déliraient à plein tube mais écrivaient très bien, avec un humour ravageur qui aurait révolté ce fripon de Faucheuse – c'était un mélange inouï entre les derniers numéros des *Cahiers de la Quinzaine*, *La NRF* de l'entre-deux-guerres et le *Rock & Folk* des années 1970, le tout avec une direction artistique digne des meilleurs titres de la presse anglo-saxonne.

La rédaction en chef d'*Avant-garde* se partageait entre deux illuminés très complémentaires : à Pierre Maillot la société, à Jacques Archambaud la culture. Les articles d'Archambaud me plaisaient particulièrement, pour leur érudition et leurs angles aux décalages fendards. Une sobre mélancolie rythmait ses analyses, comme une ligne de basse. Il suffisait d'un paragraphe pour reconnaître son style, chacune de ses phrases étant frappée du sceau de sa personnalité. Plus qu'une réincarnation de Guy Debord, il était un Péguy pop, si tant est qu'une telle anomalie puisse exister en ce bas monde. Il fut l'un des maîtres de ma jeunesse, avant même que je le rencontre.

Pendant mes deux ans de prépa, j'aurais pu prendre des notes sur chaque numéro d'*Avant-garde*, ce que je faisais rarement en cours. Parfois, un papier m'énervait. Plutôt que d'avancer sur mes dissertations, j'écrivais à Archambaud. Il a passé une de mes lettres au courrier des lecteurs, puis une deuxième. La troisième fois, il m'a proposé un verre. C'était à la fin de Daniélou, juste avant les grandes vacances. Au fond, j'avais bien bûché : au lieu d'intégrer Normale sup', j'étais admissible à *Avant-garde*. Je m'y voyais déjà, dans ce journal dont aucun des deux rédacteurs en chef n'avait le bac, et où personne n'avait jamais lu Hegel. Le pays de Cocagne.

Archambaud m'attendait dans un troquet de la rue de la Roquette, accompagné de Maillot et d'une bouteille de rosé. Maillot était gros, énorme, colossal, un cadet de Gascogne croisé avec un sumo. Mince, comme sorti d'une toile du Greco, Archambaud avait le port d'un grand d'Espagne, bien que sa mise soit illisible – chemise à jabot, costume chiné aux puces et boots de cow-boy, à mi-chemin entre le shérif et le dandy fin de siècle. Sa chevelure poivre et sel dressée sur sa tête s'accordait avec le vif-argent de son esprit.

« Alors, c'est toi, Henri ?

— Absolument.

— Avec ton nom et ton style, j'imaginais un vieux machin.

— Désolé de vous décevoir.

— On peut se tutoyer. Elles n'étaient pas si mal, tes lettres. Bien tournées. Je viens de me séparer d'un pigiste qui commençait à écrire comme Jean-Paul Sartre. La ligne éditoriale d'un magazine dégénère plus vite, hélas, que le cœur d'un mortel. Difficile de ne pas se perdre : il faut sans cesse trouver du sang frais pour garder l'énergie des débuts. J'ai sérieusement besoin d'une relève. Ça te dirait de remplacer Sartre ?

— Avec joie !

— Tu as le bac ?

— Oui.

— Pas de quoi être fier. Ça commence mal. Et tu poursuis des études ?

— De loin…

— Tu n'es pas inscrit en école de journalisme au moins ?

— Dieu m'en garde.

— Tes lettres étaient bien, mais pas du tout structurées, écrites au fil de la plume, c'est sans doute ça qui m'a plu. Pas de diplôme, une pensée foutraque, aucune suite dans les idées : c'est le profil idéal, je t'embauche ! »

Il m'embauchait ? Ne nous enflammons pas, c'était une façon de parler : il ne m'a pas proposé de statut fixe et les piges n'étaient pas précisément réglées rubis sur l'ongle. Allais-je me syndiquer ? On ne venait pas à *Avant-garde* pour mettre des sous de côté, mais pour y dilapider l'envie d'écrire que vous prête la vingtaine. À bientôt quarante ans Archambaud ne s'économisait pas, il payait de sa personne et continuait de jeter les articles par la fenêtre.

Le journal de mes rêves se situait dans les anciennes écuries de la prison de la Bastille. On y accédait au fond d'une allée biscornue, en haut d'escaliers de guingois. Les tapis partaient en lambeaux, le plafond semblait au bord de s'effondrer, des souris vous passaient parfois entre les jambes. Maillot vivait au bureau, au sens strict – il avait un espace à lui, des affaires dans trois sacs, et se déroulait le soir un matelas pour dormir brièvement. C'est là, sur son lit de fortune, qu'il inventait tous les mois un nouveau concept abracadabrant qui faisait mouche une fois sur deux. Au début de l'aventure *Avant-garde*, quand personne ne touchait un centime, il avait travaillé un temps pour une grande chaîne de télé. La jugeant lamentable, il n'avait pas pu résister à la tentation d'en tirer un dossier de couverture pour *Avant-garde*, réglant ses comptes avec son employeur principal dans une gazette pour laquelle il écrivait à l'œil ! Il avait été viré pour faute grave, sans indemnités. Cela dit tout du grand seigneur qu'était Maillot, infatigable buveur et mangeur qui recevait souvent au Falstaff, restaurant voisin de la rédaction dont le nom lui allait à merveille. Séduisant malgré sa bedaine, ce roi du résumé pouvait trousser le plan d'un livre plus facilement qu'un magicien tire des lapins de son chapeau. Il avait vendu des projets d'essais à tous les éditeurs de Paris – il touchait les avances, puis n'en écrivait pas une ligne, étant déjà passé à une autre couverture d'*Avant-garde*, une autre bouteille, une autre entrecôte, une autre côte de bœuf plutôt, un autre bœuf entier.

Un troisième franc-tireur de la presse tenait le gouvernail d'*Avant-garde* : Jean de Lusignan était le fondateur et le généreux mécène de ce titre indépendant, notre « meneuse de revue », ainsi qu'il se présentait lui-même quand on lui demandait ce qu'il faisait dans la vie. Immense, hirsute et barbu, vêtu de pantalons rayés et de vestes bariolées lui donnant l'air d'un clown, il était à la fois moyenâgeux et postmoderne, un trouvère venu d'une autre galaxie. Descendre d'une famille qui n'avait jamais connu le déclin depuis le règne d'Hugues

Capet lui octroyait une certaine assurance. Paris tenait dans sa main. Très bohème, il avait en même temps des cousins et amis dans les plus grandes banques, les plus prestigieux cabinets d'avocats. Son père, historien de l'art, siégeait à l'Académie française. Avoir hérité de sa mère l'aidait, et nous aussi : quand je l'ai rencontré, il était en train de vendre quelques hectares de forêt pour renflouer les caisses. Il jonglait avec les comptes du journal, charmait les annonceurs et aurait pu dompter un grizzli – quand leurs joutes oratoires tournaient à la lutte gréco-romaine, il savait bien canaliser Maillot.

C'est qu'à *Avant-garde* les conférences de rédaction tenaient de la guerre de tranchées. Archambaud et Maillot s'écharpaient. Il fallait avoir les reins solides pour oser en placer une. Lusignan mettait alors son grain de sel, avec son humour sibyllin. Par un monologue lunaire, il apaisait l'assistance. Il avait des intuitions aussi loufoques que floues. Son grand doute était de savoir s'il y a une vie *avant* la mort. Il disait que personne ne lui en avait jamais donné la preuve.

Lusignan, Maillot et Archambaud étaient des artistes sans œuvre, des artistes de la vie. Ils avaient réuni autour d'eux une faune de philosophes fumeux, de toxicos brumeux, de squatteurs en bout de piste et d'étudiants rusés qui n'étaient là que de passage avant d'aller réussir dans des médias plus institutionnels. Politiquement inclassable, *Avant-garde* n'était ni hippie ni yuppie, ni de gauche gnangnan ni de droite tartignolle. Personne ne votait vraiment. Malgré les tours de magie de Lusignan, qui décrochait parfois une pub pour un parfum ou une marque de champagne par l'un de ses contacts dans le luxe, nous avions du mal à faire entrer de l'argent. Car Archambaud et Maillot n'étaient pas des hommes que l'on pouvait acheter. Contrairement à nos concurrents de la presse rock bobo, petits-bourgeois en quête de reconnaissance sociale, nous ne vendions pas tous les mois notre couverture aux plus offrants. Archambaud se moquait complètement des rois d'un jour. Il aimait mieux consacrer dix pages à des perdants magnifiques qui n'auraient jamais les honneurs de nos confrères. Janséniste au fond, droit et discipliné, il construisait une ligne éditoriale qu'il voulait imperméable au cool éphémère. Les amis et les abonnés du journal, il ne les flattait pas, voire les battait froid, les renvoyant dans ses éditos à leurs poses et leurs renoncements. Il était *critique* et non *journaliste*, ce qui n'était pas un détail pour lui : incapable de servir la soupe, il n'hésitait pas à se brouiller avec des musiciens et écrivains qui s'attendaient à son soutien mais qui l'avaient déçu. Cela créait régulièrement des situations inextricables. Sur le fil du rasoir à force d'intransigeance, Archambaud ne s'épargnait pas lui-même. J'ai parlé plus haut de Péguy, me vient maintenant le nom de Pascal. Mon rédacteur en chef portait-il un cilice sous ses costumes élimés ? Il avait mauvaise mine, blanchissait, souffrait de divers problèmes de santé ; je savais qu'il refusait le confort intellectuel, mais je me demandais s'il parviendrait un jour à une forme de paix avec lui-même. Qu'est-ce qui aurait pu le combler ? Plus conservateur que révolutionnaire, contre le progressisme béat, il voulait trouver dans la modernité sa part inaltérable. Descendu au fond de sa mine critique, il cherchait l'or du temps, y compris dans la boue. Les livres, les disques et les films, les dancings, les pince-fesses et les caniveaux : il espérait toujours et partout faire une découverte durable. Ou, à défaut, en tirait quelques règles immémoriales :

« La majorité de nos semblables hantent le milieu culturel plus qu'ils ne sont habités par l'art. »

Cette phrase, Archambaud me la répétait souvent. Il détestait le carriérisme à tous crins. Sa tête de Turc préférée, le chanteur Diego, en était l'incarnation.

Né à Bayonne avec un petit talent, considéré comme le meilleur espoir de la nouvelle scène française des années 1990, Diego n'avait pas tardé à laisser toute dignité au vestiaire pour devenir l'homme à tout faire de la pire variété de notre vieux pays. Médiocre mélodiste, piètre arrangeur et parolier à pleurer, il plaisait beaucoup. On lui demandait d'écrire des albums et de les produire. Le petit prince des débuts était devenu une sommité. Sous son bol blond vénitien, il avait pris la grosse tête, ainsi que vingt kilos. Plus largement, il *pesait* dans le paysage musical. Doté d'une bouille passable avant d'épaissir et de disparaître dans son double menton, la nouvelle coqueluche de Saint-Germain-des-Prés avait beaucoup couché pour en arriver là. Dans les magazines féminins, où sa moue boudeuse rendait bien en photo, il ne manquait jamais une occasion de se livrer, à fleur de peau. Il y dénonçait les violences faites aux femmes. On riait souvent de son opportunisme à la rédaction d'*Avant-garde*. Car ce Diego était loin d'être un petit saint. Mieux informés que la police de Fouché, Lusignan, Maillot et Archambaud lui connaissaient quelques belles casseroles – ah, ce gros chèque que son label avait dû signer à une actrice afin qu'elle renonce à parler et retire la plainte pour harcèlement qu'elle avait déposée contre lui…

Diego avait pour manager le méphistophélique Mateo Maldini, dont nous reparlerons plus tard dans ces pages. Venu du rap, désormais au service de nombreux poids lourds du showbiz hexagonal, Maldini avait depuis peu une obsession : faire écrire des livres à ses poulains. Il y voyait le tire-larmes idéal. Sur ses conseils, Diego a sorti de son cœur *Chanteur pour dames*, un récit autobiographique des plus émouvants qui a été publié chez Gallimard, s'il vous plaît.

Un jour de septembre 2007, alors que je me rendais à la rédaction d'*Avant-garde*, j'ai eu la surprise de tomber sur Archambaud lisant avidement *Chanteur pour dames*, en annotant des pages.

«Je rêve ?

— Non. Gallimard ne m'a pas envoyé un service de presse, alors je l'ai acheté.

— Verdict?

— Très au-delà de mes espérances. Je vais faire un grand papier dessus.

— Je croyais que tu détestais ce corniaud?

— Pour qui tu me prends? Il s'agira d'un éreintement. Écrire un livre quand on ne sait pas écrire une chanson : ce Diego ne manque pas d'air.

— Et depuis quand jettes-tu un œil aux bouquins que tu descends?

— Je m'informe… Un peu de déontologie ne fait pas de mal, une fois l'an. Nous devons être à la hauteur d'Albert Londres!

— Tu me fais rire.

— Blague à part, on a subi trop longtemps ce yéyé. Il va payer pour ses crimes.

— Quels crimes?

— Ses crimes contre la musique et la littérature.»

Archambaud a dit ça impassible, mâchoires serrées, avec le calme marmoréen qui le distinguait des autres. Il y a un texte superbe de Théophile Gautier où l'homme au gilet rouge décrit Baudelaire, qu'il a connu bien avant qu'il ne tourne à l'épave échevelée, syphilitique et opiomane à laquelle on le réduit trop souvent. Gautier dit de son ami qu'il avait «en horreur la gesticulation méridionale», que «la froideur britannique lui semblait de bon goût» et que, porté par son «intention de se séparer du genre artiste», il «soutenait avec un sang-froid de glace quelque théorie d'une extravagance mathématique». Archambaud avait le maintien du jeune Baudelaire, celui du milieu des années 1840, qui vivait sous les combles de l'hôtel Pimodan. Dans l'art de la descente drolatique, il n'y avait pas de débat : Archambaud était le meilleur. Il opérait en professionnel, d'un geste chirurgical. Il savait tuer ses victimes, mais aussi découper la viande. Avec lui, les veaux tel Diego finissaient en morceaux, en escalopes, rôtis et rognons, bien présentés à la devanture d'*Avant-garde*.

Que devenait Paul, pendant ce temps-là ? Il était toujours à Normale sup' à Lyon, où son traitement lui permettait de louer un appartement lumineux près de la place Bellecour, avec vue sur Notre-Dame de Fourvière, là-haut sur la colline… Elle l'inspirait, disait-il, quand il s'asseyait à son bureau. Il préparait l'agrégation de lettres tout en travaillant d'arrache-pied à un manuscrit qui devait tout casser et qui s'appelait déjà *Le Roman national*. Il s'était aussi inscrit dans un club alpin. Entre murs d'escalade et randonnées en haute montagne, il prenait de l'altitude. De temps en temps, il m'appelait pour me faire la leçon.

« Tu perds tes meilleures années, tu sais ? Ce ne sont pas tes piges à *Avant-garde* qui te mèneront loin…

— Qui te dit que j'ai envie d'aller loin ? Je me fous royalement de voir du pays. Je suis bien content d'avoir quitté Rueil et d'être revenu à Paris.

— Jamais de journalisme, Henri ! C'est une des règles de base quand on veut *vraiment* écrire. La presse te polluera l'esprit. Elle te comprimera le cerveau, te corrompra le cœur et te salira jusqu'aux mains.

— Ce n'est pas à toi que j'apprendrai qu'avoir les mains pures c'est précisément ne pas avoir de mains. Ne t'en fais pas pour moi : je saurai rester vigilant.

— Seule la littérature compte, non? N'oublie jamais les vœux de notre jeunesse. Souviens-toi de l'Annapurna ! »

Selon lui nous devions trouver les bons refuges sur le chemin du grand voyage, avant de nous évanouir dans le blanc. Mais même marcher avec des raquettes était au-dessus de mes forces. Il y avait toujours un moment où je ne le suivais plus.

« Ah, c'est reparti… Depuis le temps que tu ne t'étais pas pris pour Lionel Terray, être Terray ou rien…

— Lionel Terray ne fut qu'un Arthur Cravan de l'alpinisme ! Un second couteau. Faucheuse avait raison. Je m'accroche désormais aux indémodables classiques. Je ne lis plus que Chateaubriand et Victor Hugo – et sinon, Maurice Herzog. »

En voilà un, Herzog, qui pour le coup avait les mains pures… Après se les être gelées dans l'Annapurna, il avait dû se faire amputer les doigts. Il donnait en spectacle ses mains mutilées, il avait construit tout un mythe autour de son expédition de 1950. Il avait tellement réécrit l'histoire à sa gloire qu'on n'était même plus sûr qu'il soit arrivé jusqu'au sommet de l'Annapurna. J'invitais Paul à ne pas se laisser avoir par les charlatans, les grands lyriques, les vieux faussaires…

« Ton côté bignole te perdra, Henri : la critique est aisée, l'art plus difficile. Tu sais comment tu finiras ? En robe de chambre devant une loge, à colporter les scoops ramassés sur ton paillasson… Je vais raccrocher. Ce n'est pas encore ce soir que je te ferai entendre raison. »

J'abandonnais Paul à son travail de titan et retournais à mon propre apprentissage dans la presse parisienne. Il se trompait, je crois : *Avant-garde* me formait bien mieux que ne l'auraient fait Normale sup' et l'alpinisme abstrait.

Ayant découvert que nous étions lointainement cousins, Lusignan avait décidé de me donner quelques tuyaux, pensant nécessaire de parfaire mon éducation. Ainsi me sortait-il dans les cocktails littéraires. En novembre, le prix de Flore était la plus belle fête de l'année, celle où il fallait se montrer quand on était un jeune plumitif lancé dans le jeu de l'oie de la publication et de la reconnaissance. Le bristol que recevait Lusignan étant valable pour deux personnes, je l'y accompagnais. À l'occasion il portait un vieux loden de son père, qu'il trouvait décalé. Nous commencions par descendre quelques verres de champagne Roederer au premier étage du Flore avec ce brillant sumo franchouillard de Maillot et un Archambaud plus baudelairien que jamais. Puis Lusignan m'emmenait dans l'escalier, d'où nous avions vue sur la grande salle du rez-de-chaussée reconvertie le temps d'un soir en piste de danse bondée. De ses longs doigts fins, le fils d'académicien me montrait des gens en chuchotant :

«Tu vois cette petite romancière qui se trémousse ? Dans un an, elle aura été remplacée par une romancière encore plus jeune. On ne s'en souviendra plus. Idem pour cet écrivain de banlieue qui se dandine. Les journalistes de gauche ont pourtant applaudi son style hybride – mais d'ici peu ils jetteront leur dévolu sur une nouvelle révélation. Tous ces fêtards, tôt ou tard, connaîtront le même sort. Et ils ne le savent pas. Et ils sont là à twister… Allez, remontons à l'étage, on va se prendre un autre verre.»

Si Paul avait joué au foot, il aurait voulu être attaquant de pointe. Et moi ? Arbitre de touche – celui qui reste sur le bord du terrain et lève son drapeau pour signaler une position de hors-jeu, gâchant la joie de l'avant-centre qui croit avoir marqué. Au Flore et dans d'autres réceptions, je rencontrais ces espoirs des lettres qui pensaient inscrire des buts et qui se retrouveraient un matin abandonnés de tous, avec une vilaine rupture des ligaments croisés.

La Bastille, dans la deuxième moitié des années 2000 : c'est là que j'ai appris la vie. Les conférences de rédaction d'*Avant-garde* ressemblaient à du rodéo, et les cuites qui suivaient tenaient de la quintaine. On risquait fort de tomber de cheval lors de ces apéros au long cours qui avaient lieu à la terrasse du Falstaff avec Lusignan en maître de cérémonie, entouré de Maillot et d'Archambaud – et parfois de deux ou trois collaborateurs précaires et branchés de la tribu.

J'affinais mes références, je savais quelles gaffes vous disqualifient à vie. Diego n'était pas un cas isolé. Peu de gens trouvaient grâce aux yeux des tirailleurs d'*Avant-garde*, il y avait toujours un loup quelque part – Untel ne composait pas les chansons pour lesquelles il était crédité, Unetelle n'était que la fille de tel ou tel magnat qui l'avait placée là par telle ou telle manigance… Ces apéros me foutaient le cafard. J'en repartais avec le moral au fond des chaussettes.

Un bobard me servait alors de logement : je disais que j'habitais dans une chambre de bonne. Rien n'était plus faux. J'avais bien une chambre de bonne à ma disposition, mais je dormais chez mes parents, dans des draps propres lavés par ma mère. Quand j'arrivais à pas d'heure dans notre appartement du XVIe arrondissement, elle m'avait laissé à la cuisine une assiette à réchauffer. Si je rentrais plus tôt, je tombais sur mon père. Confortablement assis sur le canapé du salon, la cravate un peu dénouée sous un pull sans manches, il fumait la pipe en lisant *L'Est républicain* – élu municipal depuis les années 1970 de la commune du Doubs où se trouvait notre château, il devait se tenir informé des nouvelles locales. Comment faisaient pour tenir tous ces pigistes et écrivains en herbe venus sans argent ni contact des quatre coins de la France ? Comment réussissaient-ils à ne pas crever de faim, de froid, de nervosité et de déception ? C'était beaucoup trop dur d'affronter la violence de la ville. À leur place, je n'aurais jamais eu le cran de m'arracher à ma province. J'avais un minimum d'humour, des restes de patrimoine et quelques usages, et pourtant ces armes n'étaient pas suffisantes. Revenir du Flore ou du Falstaff me déprimait tellement que le spectacle d'un homme chauve lisant *L'Est républicain* la pipe au bec me semblait être l'image du bonheur. Pourquoi n'envoyais-je pas mon CV à *L'Est républicain* au lieu de m'accrocher à *Avant-garde ?* J'avais honte de ce que j'étais : un fils à maman. Je me rassurais en me disant que l'un des plus grands génies du XXe siècle, Marcel Proust, n'avait rien été d'autre. Les fils à maman sont-ils le sel de la terre ? Faut-il être un fils à maman pour se remettre du mensonge social ? Le sonder et le comprendre sans trop en souffrir ? Sans l'amour inconditionnel de ma mère, je me serais perdu. Paul ne me parlait jamais de la sienne, j'ignorais toujours tout de ses parents. Dans ma chambre d'enfant, ne trouvant pas le sommeil, je songeais à lui avec tristesse. Il n'avait pas choisi les bons guides. Mes aînés d'*Avant-garde* m'avaient vacciné – la piqûre faisait mal sur le coup, on avait de la fièvre, mais après on était immunisé. Alors que dans son appartement de

Lyon, Paul croyait encore aux alpinistes, à ceux que Lionel Terray appelait avec emphase «les conquérants de l'inutile». Avec une générosité candide, se pensant plus dégourdi que la moyenne, le normalien s'imaginait déplacer des montagnes. Mais il ne savait rien ni de l'édition ni des jeux du cirque journalistiques, des lions qui le dévoreraient tout cru. Il aurait dû apprendre à connaître les rouages de Paris, à défaut de la marche du monde.

4.

Un grand homme de Grenoble à Paris

À cette petite galerie de personnages fantasques que l'on recroisera au cours de ce récit je me dois d'en ajouter un dernier, et non des moindres : Patrick Rossi.

Rossi s'était imposé en trois livres comme le nouveau cador du roman de gare. Encore à peu près jeune, trente-sept ans, et plutôt photogénique, il avait tout pour séduire la ménagère. Né à Nice, le phénix des têtes de gondole avait un léger accent qu'il dissimulait tant bien que mal – c'était d'autant plus difficile qu'il devait lutter depuis l'adolescence contre un bégaiement autrement plus sévère.

Après le succès fou de *La Vérité sur l'affaire Antonia Grimaldi* (quatre cent mille exemplaires vendus en grand format en 2004) et celui de *Tu étais tout pour moi* (le même score en 2006), *Le Mystère de Hyde Park* était un polar à l'eau de rose bien formaté, avec des héros touchants, du mélodrame et du suspense, des rebondissements en pagaille et de nombreuses fautes de français. Depuis sa parution en janvier 2008, ce troisième tube avait achevé de confirmer Rossi. Les médias parlaient de «phénomène». L'auteur était charmant en interview, ce qui ne gâchait rien. Sur les salons du livre, accessible et bien peigné, il se laissait docilement prendre en photo avec les grand-mères et les enfants. À *Avant-garde*, Lusignan prétendait que c'était un leurre, un personnage fabriqué, et que chez son éditeur tous les salariés se plaignaient des mauvaises manières de Rossi, qu'ils décrivaient comme un mufle mégalomane. Radio Lusignan n'étant pas toujours fiable, je me méfiais…

Rossi incarnait tout ce que Paul détestait. Pour se détendre entre deux révisions de l'agrégation et trois corrections de son roman, mon ami a ourdi ce canular : se faire passer pour Rossi et se présenter à l'Académie française. Il a pris la liste des quarante académiciens, enfin de la trentaine de vivants, et leur a envoyé à tous une lettre cire-pompes signée Rossi, où il se déclarait candidat à la prochaine élection.

«Patrick Rossi bientôt Immortel?» ont titré fin juin les suppléments littéraires de la presse nationale. Rossi s'est fendu d'un communiqué à son image, plein de fausse modestie : il dénonçait une usurpation d'identité et une insulte contre la création. La forme, d'abord. Rossi plaidait qu'on ne reconnaissait pas son style. C'était faux : Paul avait parfaitement imité dans ses lettres le ton nigaud du *Mystère de Hyde Park*, coquilles comprises. Le fond, ensuite. Qu'on se moque de lui, ce n'était pas grave. Mais qu'on tourne en dérision une institution comme l'Académie française, voilà qui était odieux pour Rossi ! Il ne plaçait rien plus haut que notre littérature. Le comique qui s'était fait passer pour lui devait être quelqu'un de très méprisant, de très méchant, de très aigri. À travers lui, le plaisantin crachait au visage de Victor Hugo. Rossi n'était peut-être pas Hugo, mais il avait fait le bonheur de plus d'un million de lecteurs, et on avait besoin de bonheur dans une société individualiste qui détruisait les solidarités d'antan.

L'incident a aussi vite été clos, il ne s'agissait pas non plus d'une guerre nucléaire, et je n'ai pas compris quel avait été le but de la manœuvre de Paul... Avait-il juste voulu se défouler un bon coup? Ou exprimait-il par-là un désir plus profond et jusqu'ici refoulé? Celui de devenir un jour un académicien, un vénérable homme de lettres à l'ancienne, une statue à la Paul Valéry? Ou celui d'égaler les chiffres de ventes du plus populaire Patrick Rossi? Mon ami n'avait pas encore abattu toutes ses cartes...

En même temps que son canular se dégonflait, Paul a été reçu premier à l'agrégation de lettres modernes. Au lieu de fêter cette bonne nouvelle, il faisait la tête : il avait terminé *Le Roman national* un mois plus tôt, avait envoyé le manuscrit ici et là et ça ne s'était pas passé comme prévu. Le pauvre avait la tête farcie de légendes : l'auteur inconnu qui adresse son texte par la poste, reçoit un coup de fil vingt-quatre heures après et devient aussitôt un best-seller traduit à travers le globe – avant d'avoir des soucis avec le fisc, revers de la médaille dont on parle moins.

Dès le lendemain de ses envois Paul était tendu : ça ne sonnait pas. Bon, les enveloppes n'avaient pas eu le temps d'arriver. Deux jours plus tard : toujours rien. Au bout d'une semaine il s'est mis en rogne : pas la moindre réaction de son téléphone ! Au bout de trois semaines, il a reçu des lettres de refus impersonnelles. Au bout d'un mois, il était au bord de la dépression nerveuse.

Son rêve s'est finalement réalisé en décembre. C'était Noël avant l'heure : non, Patrick Rossi ne serait pas élu à l'Académie française; mais son manuscrit à lui était accepté ! Et par les prestigieuses éditions Marcillac ! Cerise sur le gâteau, on lui avait promis la prochaine rentrée littéraire, et dans les meilleures conditions. Il bondissait sur place. Il aurait fait passer Jean d'Ormesson pour une allégorie de la neurasthénie. Il était l'homme le plus heureux du monde.

Paul n'avait pas voulu me montrer son texte, il préférait attendre que le livre sorte de l'imprimerie. En juin 2009, nous avons pris un verre aux Deux Magots. Plus excité qu'une puce, le grand homme de Grenoble m'a offert son roman, aussi gros que *Les Deux Étendards* ou *Belle du Seigneur*, avec son nom qui ressortait bien sur la célèbre couverture à liseré des éditions Marcillac.

« Enfin j'y suis ! J'en avais eu l'idée dès le collège, je l'avais mûrie au lycée, puis à Daniélou, où j'avais établi un plan et pris des tas de notes, et ces quatre dernières années je n'ai fait qu'écrire et réécrire – voilà pourquoi on ne s'est quasiment pas vus et pourquoi tu n'as rien su de ma vie à Lyon.

— Je comprends mieux.

— C'est génial d'être chez Marcillac : je n'ai pas rencontré le patron, Octave Marcillac, mais mon attachée de presse m'a assuré que la maison me soutiendrait à fond.

— Formidable ! »

Selon Paul, personne n'avait jamais publié un ovni pareil, ça ferait l'effet d'une « bombe atomique ». Il en avait bien besoin car, à la rentrée, il allait prendre son premier poste de professeur de français à Argenteuil, dans le Val-d'Oise. Il ne comptait pas y faire de vieux os. Son modèle économique était *Le Parfum*, paru en 1985 et vendu depuis à des millions d'exemplaires. Comme Patrick Süskind, Paul espérait vivre en rentier jusqu'à la fin de ses jours grâce aux droits d'auteur d'un seul livre.

« Avec le succès à venir du *Roman national*, ma vie va changer. Il y aura un *avant* et un *après*. Et Patrick Rossi n'aura plus qu'à aller se rhabiller ! »

Je suis rentré chez moi, où j'ai consacré trois jours à la lecture du *Roman national*. C'était l'histoire à la fois réaliste et fantastique d'un couturier immortel nommé Velours qui traversait les siècles et lançait des modes – et parfois les suivait assez tôt pour faire croire qu'il en était l'inventeur.

Ce n'est pas Velours qui, au tournant des années 1550 et 1560, avait dessiné les premières fraises que les honnêtes gens portaient autour de leur cou ; il avait en revanche magnifiquement travaillé la grande fraise en dentelle dans les années 1570, avant que les années 1580 ne rendent caduque cette incongruité de l'élégance occidentale. Velours avait été partout, auprès de tout le monde, avec les bohémiennes et les moines, les paysans et les princes, dans les faubourgs et les abbayes, les coupe-gorges et les châteaux, sur les champs de bataille et dans les boudoirs, les tavernes et les tripots, emprisonné avec son ami François Ier après la défaite de Pavie, bien placé à Versailles au siècle de Louis XIV, frayant avec Léonard, le coiffeur de Marie-Antoinette, passant avec la même curiosité des Solitaires de Port-Royal aux sociétés de pensée du Palais-Royal, aimant moins le mauvais goût des parvenus de l'Empire, perdant peu à peu son intérêt pour son métier au cours des interminables XIXe et XXe siècles, et ce malgré Coco Chanel, Dior et Saint Laurent, en lesquels il avait vu une relève honorable…

Dans cette longue chronique imaginaire, Velours ne parlait pas que de pourpoints et de robes à crinoline, du remplacement des bas de soie et des souliers à boucles d'argent par les baskets et les pantalons de jogging : c'était une manière de réfléchir aux changements des mœurs et de la société – et de s'amuser de l'évolution de la langue qui était allée avec. C'est pourquoi cette quête du Graal vestimentaire et civilisationnel, qui commençait au temps des chevaliers de la Table ronde, formait un patchwork d'une centaine de pastiches dont voici une liste non exhaustive des plus reconnaissables : Chrétien de Troyes, Joinville, Rutebeuf, Froissart, Villon, Rabelais, Ronsard, d'Aubigné, Montaigne, d'Urfé, Arnauld d'Andilly, Conrart, Corneille, La Rochefoucauld, Retz, La Fontaine, Molière, Pascal, Bossuet, Boileau, Racine, La Bruyère, Fénelon, Saint-Simon, Voltaire, Diderot, Casanova, Ligne, Sade, Choderlos de Laclos, Vivant Denon, Maistre, Chateaubriand, Courier, Stendhal, Balzac, Hugo, Dumas, Sue, Barbey d'Aurevilly, Musset, Baudelaire, Flaubert, les frères Goncourt, Vallès, Zola, Mallarmé, Verlaine, Lautréamont, Bloy, Huysmans, Rimbaud, Feydeau, Toulet, Suarès, Claudel, Gide, Proust, Léautaud, Péguy, Jarry, Roussel, Apollinaire, Guitry, Mauriac, Cravan, Bernanos, Morand, Céline, Giono, Montherlant, Aragon, Vialatte, Aymé, Gary, Vian, Perec, Modiano…

Pardon pour ce défilé de noms – et encore je n'en ai cité que la moitié. Le livre avait des longueurs, des tunnels, il était parfois illisible, imbitable. Ce n'était peut-être pas l'œuvre d'un cerveau malade, mais assurément celle d'un grand fou littéraire.

Malgré ses nombreux excès, j'étais impressionné par la créativité et la virtuosité du *Roman national*. J'étais toutefois inquiet pour Paul. Car il insistait beaucoup trop sur le déclin de notre pays. Le dernier chapitre était crépusculaire. Nous étions au tout début du XXIe siècle. Déjà très éprouvé par le XIXe et le XXe, Velours ne se reconnaissait plus dans notre époque au nihilisme gris souris bégayé dans un français appauvri. Dépité, le styliste jetait l'éponge et mettait fin à ses mille ans de vie en se pendant à l'aide de deux cravates Hermès nouées ensemble.

Qui voudrait lire une histoire pareille ?

Début juillet, je suis passé en fin de matinée à la rédaction déglinguée d'*Avant-garde*. J'ai salué Lusignan qui fumait une cigarette à la fenêtre, près de la machine à café en panne. Maillot ronflait très fort, allongé sur son matelas, écrasé par la chaleur. Archambaud ne semblait pas moins harassé. Il triait les innombrables services de presse arrivés au bureau, et se demandait quoi faire de tous ces livres qui finiraient à la poubelle avant même leur publication. Il aurait pu s'en servir comme frisbees quand il sortait son chien, mais il n'avait pas de chien. Quels titres de la prochaine rentrée avaient-ils retenu son attention ? Il avait mis de côté *Le Roman national*. Sur mes conseils Paul lui en avait envoyé un exemplaire dédicacé.

« J'ai un article qui saute dans notre numéro à paraître fin août. Ça libère une page. Ton ami, là, Beuvron, tu ne veux pas l'écarteler ?

— Ce ne serait pas très sympa…

— C'est vieillot, son truc, un exercice de style prétentieux, on dirait le livre d'un centenaire. Tu ne trouves pas ?

— Ne fais pas de jeunisme : ils ont leurs qualités, les livres de centenaire.

— *Avant-garde* ne peut pas défendre ça. Pense un peu à toi : l'éreintement est une gymnastique de l'esprit. Si tu veux progresser, tu dois en commettre de temps en temps. Et puis tu lis *Le Figaro*, je crois ?

— Quel est le rapport ?

— Je ne t'apprendrai pas la phrase de Beaumarchais qui sert de devise au journal : "Sans la liberté de blâmer, il n'est point d'éloge flatteur." Si tu ne t'octroies pas toi-même régulièrement le droit de flinguer, tes compliments ne vaudront plus un clou. On ne te prendra pas au sérieux. On dira de toi que tu n'es qu'un robinet d'eau tiède. C'est ça que tu veux être dans la vie ? Tu veux qu'on écrive ça sur ta pierre tombale : "Henri d'Estissac, 1985-…, profession robinet d'eau tiède" ?

— Mon ami Beuvron ne va pas comprendre, il trouvera ça dégueulasse…

— Oh, c'est mon quotidien… Me faire enguirlander par les éditeurs et les labels… Rien de grave en vérité : tant qu'ils ont besoin de nous, ils finissent toujours par revenir. C'est du catch, la critique : tout est faux. Quant à ton Paul, tu lui expliqueras que c'est pour son bien, qui aime bien châtie bien, etc. Et surtout tu lui préciseras que c'est excellent pour sa promo.

— Comment ça ?

— Regarde toutes ces piles sous lesquelles on croule... Comment tirer son épingle du jeu ? Comment survivre ? Comment exister ne serait-ce qu'une seconde ? Si tu assassines proprement ce Beuvron, ça fera parler. Par esprit de contradiction, d'autres voudront le soutenir. Nos ennemis seront ses amis. Tous les fans de Diego achèteront son livre, ça représente déjà du monde, il pourra se lancer dans une tournée des Zéniths !

— Tu n'as pas tort...

— Allez, on peut monter jusqu'à deux pages. On mettra en titraille "Le navet de la rentrée" ou quelque chose dans ce style... Vendu ?

— Vendu !

— Je compte sur toi.

— Tu peux.

— Et tu crois que je suis sérieux ?

— Comment ça ?

— Enfin, je joue avec toi, banane ! Et tu marches dans la combine ! Eh bien toi, on aimerait t'avoir comme ange gardien ! »

Après m'avoir roulé dans la farine comme il savait si bien le faire, Archambaud m'a accordé une demi-page pour dire du bien de Paul. J'en étais content pour lui. Sauf que, alors que je repartais de la rédaction, Lusignan m'a arrêté près de la machine à café où il était toujours en train de fumer.

« Ça va, Henri ?

— Oui et toi ?

— C'est ton copain, si j'ai bien compris, le type qui publie *Le Roman national* ?

— Tu l'as lu ?

— Non, mais j'ai déjeuné l'autre jour avec Apolline, la fille qui dirige la communication de Marcillac. Elle m'a dit que Beuvron est parti pour se planter.

— On n'est qu'en juillet, rien n'est encore joué !

— Les retours ne sont pas bons du tout, ni de la part des journalistes ni des libraires, et tu sais bien que les dés sont pipés… Ils ont d'autres priorités chez Marcillac : Chardin qui pense avoir enfin le Goncourt, cette crapule de Bayeux qui leur pompe un fric de dingue et qu'il faudra bien rentabiliser d'une façon ou d'une autre, le fils Ponthieu qui fait des comédies, la primo-romancière que toute la presse s'arrache déjà… Dans une rentrée littéraire, Marcillac pousse généralement un titre, deux grand max, les autres sont là pour faire joli. Que ton ami ne rêve pas trop : le pilon lui tend les bras.

— Archambaud vient de me proposer d'écrire un papier : *Avant-garde* va le défendre !

— Laisse tomber, ça ne sert à rien, la messe est dite : Apolline elle-même me l'a dézingué – elle est tellement drôle quand elle détruit les livres dont elle est censée s'occuper… Ton pote est déjà mort et enterré, tu peux aller fleurir sa tombe. Et sinon la vie est belle ? Tu prends des vacances ? »

5.

L'éboulement intérieur

Paul a vécu un mauvais été. Avec plusieurs amis de Normale sup' ils ont loué un appartement à la montagne. Ils devaient marcher et prendre un bon bol d'air, pratiquer un peu l'escalade. Sauf que dès le premier jour, ne s'étant pas bien assuré, Paul a fait une mauvaise chute. Sa tête a été miraculeusement épargnée par le choc, mais il en est ressorti comme désarticulé, avec de gros hématomes, un pneumothorax, trois côtes cassées et de nombreuses fractures à la jambe gauche, qui ont sans doute été mal soignées. Paul a passé le mois d'août en fauteuil roulant, avec une ceinture thoracique, une minerve et un plâtre – le début de sa momification. Quand le boucleraɪt-on dans un sarcophage ? Rigoler lui faisait mal. En septembre, il devait encore s'appuyer sur deux cannes. Et la parution de son livre n'a pas aidé sa rééducation.

La vérité oblige à dire que l'événement annoncé n'a pas eu lieu. Paul avait prévu une «bombe atomique»? *Le Roman national* a fait pschitt. Un bide ou un four, on appelle ça comme on veut, enfin ç'a été une catastrophe – mais je n'insiste pas car on va croire que je prends plaisir à rire de ce flop, en entomologiste mutin.

La prophétie de Lusignan s'est vérifiée : Marcillac a poussé les nanars intersidéraux de Chardin et de Bayeux, que l'on a vus dans tous les journaux et sur toutes les listes de prix. En plus d'être d'une susceptibilité et d'une fierté de coqs, les écrivains sont d'une confondante naïveté. Si ces dindons connaissaient l'envers du décor, les éditeurs qui jouent avec eux comme avec des pions jetables, les critiques qui ne liront jamais leurs livres et se moquent d'eux dans leur dos, leurs amis proches qui déblatèrent au cours de dîners auxquels eux ne sont plus conviés... Il me semble que ça leur ferait du bien d'ouvrir les yeux – mais peut-être que ça les anéantirait.

N'étant pas moins ingénu et soupe au lait que les cinq cents autres perdants de la rentrée littéraire, Paul s'est vexé de ne pas figurer sur la première liste du Goncourt. Le jour où elle a été rendue publique, je lui ai proposé de dîner pour le consoler. Mais la tartiflette réchauffée que nous partagions au Reflet ne faisait pas passer la pilule. Ce maniaque avait imprimé ladite liste, qu'il lisait et relisait avec souffrance.

«Il doit y avoir une faute de frappe, c'est sûrement ça…

— Une faute de frappe ?

— Ou une confusion quelconque…

— Tu t'en remettras. On prend un verre ? Vin rouge ?

— Marcillac me soutenait. Il était à bloc. Qu'est-ce qui a capoté ?

— Tu préfères du blanc ?

— Pourquoi y trouve-t-on inscrits les noms de Chardin et de Bayeux, et pas celui de Beuvron ?

— On va demander de la bière, plutôt. Ou du cidre. Ce sera plus léger, et tu es encore convalescent.

— Tu t'en fous, de mes histoires de Goncourt ?»

Je n'étais pas un fétichiste du prix Goncourt, en effet. Je me suis souvenu d'un pot au Falstaff où Lusignan m'avait appris qu'il fallait remonter à 1948 pour trouver un lauréat du Goncourt figurant dans le *Bottin mondain* – il s'agissait de Maurice Druon, primé pour *Les Grandes Familles*. Les grandes familles et le Goncourt, depuis, ça faisait deux. Nous avions creusé le sujet avec Lusignan. Qui était le dernier Goncourt noble ? André Pieyre de Mandiargues, récompensé en 1967 pour *La Marge* – un titre qui seyait à notre minorité. Avant lui, dans le palmarès, il y avait bien les noms illustres de Simone de Beauvoir et de Francis de Miomandre, mais ça ne comptait pas : la première était issue d'une famille de la fausse noblesse et le second avait pris comme nom de plume celui de sa mère, s'appelant Francis Durand à l'état civil… J'entends encore le rire de Lusignan, faussement affligé. Qu'on prenne la mesure de cette effroyable injustice sociale : un seul aristo dans toute l'histoire du Goncourt ! Et encore, Pieyre de Mandiargues, ce n'était que de la noblesse d'Empire, des barons de 1810, autant dire de la vingt-cinquième heure. Qu'en aurait pensé Saint-Simon ? La France ne voulait plus entendre parler de littérature ducale. Depuis belle lurette, la démagogie avait remplacé la préséance à Saint-Germain-des-Prés. La République des lettres : que de crimes on commettait en son nom. Le prix Goncourt, il aurait fallu le rebaptiser le prix Guillotine. CQFD.

« Tu as raison, Henri : chaque rentrée, des têtes tombent dans le panier des jurés.

— Trinquons aux décapités ! Champagne ! »

Quand Chardin a eu le Goncourt début novembre, Paul ne se remettait toujours pas de son fiasco, que dis-je, de son accident industriel – ou plutôt, soyons précis : de son échec cataclysmique.

Le Roman national plafonnait à deux cents exemplaires vendus – soit deux mille fois moins que n'importe quel livre de Patrick Rossi. Fin octobre, la plus grande critique littéraire de notre temps, Cécile Sterne, avait pourtant consacré à Paul son feuilleton du *Monde des livres*. Elle saluait « un merveilleux chef-d'œuvre qui balaie les niaiseries de la surproduction actuelle » et, plus loin, « un ouvrage magistral qui par sa langue somptueuse et sa fantaisie formelle prouve que l'esprit du XVIIIe n'a pas tout à fait disparu en notre XXIe siècle décadent».

De tels arguments, irréfutables, n'ont pas suffi à relancer *Le Roman national* en librairie. Les réassorts n'étaient pas à l'ordre du jour. Quant à mon malheureux ami, il était toujours à ramasser à la petite cuillère, cette fois-ci au Rouquet, où je lui offrais une menthe à l'eau – il tremblait comme une feuille et disait éviter l'alcool pour ne pas se «noyer un peu plus dans l'océan de l'angoisse».

«Je suis d'accord avec ce que Cécile Sterne a écrit dans *Le Monde des livres* : tu es un homme du XVIIIe siècle, un esprit libre, donc un réactionnaire.

— Tu ne vas pas t'y mettre toi aussi !

— Comment ça, moi aussi ?

— Tu n'as pas vu l'article de *Libération* ?

— Non.

— Quasi personne n'a parlé de mon livre, à part *Libération* qui m'a accusé d'être un idiot utile de la droite la plus obscurantiste.

— C'est une bonne définition, remarque. Ça saisit bien l'essence de ce que tu es.

— Il est vrai que, dans la centaine de pastiches qui composent *Le Roman national*, il n'y a que des hommes, et de surcroît que des hommes blancs.

— Ils se trompent : Alexandre Dumas était quarteron.

— À vingt-cinq pour cent noir, donc. Sur une centaine d'auteurs ça représente un faible pourcentage…

— Je n'y avais pas pensé, mais, maintenant que tu me le dis, ça me choque.

— Tu plaisantes ?

— Pardon d'avoir une conscience ! »

Archambaud déteignait sur moi : j'aimais comme lui prêcher le faux pour savoir le vrai. Avec le plus grand sérieux, j'ai soutenu à Paul qu'il exagérait. À croire qu'il l'avait fait exprès, par goût de la polémique.

« Tu aurais quand même pu faire un effort.

— Ne m'enfonce pas, s'il te plaît, c'est déjà assez pénible comme ça. »

Au sujet de son oubli des femmes, qu'on y réfléchisse ensemble… Comme cousine de Chrétien de Troyes, je ne voyais que Marie de France. Il n'y avait pas de pendant féminin à Villon ou à Rabelais. Mais Paul aurait pu valoriser la conscrite de Ronsard : Louise Labé. Sur ces bonnes bases il aurait poursuivi par Mlle de Scudéry, la marquise de Sévigné, la comtesse de La Fayette, la marquise du Deffand, la marquise du Châtelet, la baronne de Staël, la comtesse de Ségur – mais on lui en aurait voulu à cause de cette surreprésentation aristocratique.

« Tu vois bien que j'étais coincé ! »

S'il avait décidé de suivre strictement la chronologie, il aurait pu faire l'impasse sur Staël et Ségur. À la place il aurait mis en avant Olympe de Gouges. Elle lui aurait permis de jouer sur les deux tableaux : roturière mais ayant pris un pseudo à particule, à la fois féministe et guillotinée, elle plaisait à tout le monde. Détendu, Paul aurait alors enchaîné avec les femmes au caractère bien trempé : George Sand, Rachilde, Colette… Ensuite, ç'aurait été un boulevard, du velours : Louise de Vilmorin, Yourcenar, les deux Simone (Beauvoir et Weil), Marguerite Duras, Françoise Sagan, Annie Ernaux… Mais je ne lui citais que des femmes blanches. On n'en sortait pas.

« C'est quand même injuste ce qui m'arrive, ou plutôt ce qui ne m'arrive pas… Pourquoi tant d'indifférence ? Face à une somme de mille pages, une épopée baroque pleine de souffle, toute en détournements et poupées russes… J'ai sué sang et eau sur ce livre ! J'avais tellement fignolé mon pastiche de Froissart…

— Qui en a quelque chose à cirer, en 2009, d'un pastiche de Froissart ?

— Et Joinville ? Honoré d'Urfé ? Vivant Denon ? Paul-Louis Courier ? Paul-Louis Courier, quoi ! »

Le regard de Paul se perdait dans sa menthe à l'eau. Comment lui redonner confiance ? Qu'il se souvienne de l'époque pas si lointaine de nos dix-huit ans où il ne jurait que par André Breton et son *Anthologie de l'humour noir*. Je le lui avais déjà expliqué : on ne pouvait pas être un maudit et en même temps un auteur de best-sellers à la Patrick Rossi. Il aurait dû être ravi d'être mis à l'index !

« Tu n'es qu'un sophiste, Henri. Un sophiste et un snob.

— Je suis un homme simple – je te rappelle que regarder le Tour de France est mon passe-temps de prédilection. Alors que toi tu rêvais d'être un écrivain pointu… Je ne comprends pas de quoi tu te plains. Tu préfères Patrick Rossi ou James Joyce ?

— Joyce ! »

Eh bien alors ? Quand Joyce avait publié *Ulysse* à Paris en 1922, le premier tirage n'était que de mille exemplaires. Outre qu'il en allait de l'humilité chrétienne et du respect de l'environnement, du combat contre la déforestation, c'était beaucoup plus chic d'avoir des chiffres modestes. Avec son statut confidentiel et son échec retentissant, Paul était à la fois écolo et élégant. Que voulait-il de plus ?

« Je veux des ventes ! »

C'était le cri du cœur… Mais il avait raison : je lui sortais des bêtises. Joyce avait vendu en quelques mois le premier tirage. Loin de cette bluette commerciale qu'était *Ulysse*, *Le Roman national* stagnait à deux cents exemplaires. C'était la preuve de sa qualité. Le prix à payer quand on était exigeant. Si Paul avait écoulé trois cents exemplaires, il aurait dû admettre qu'il avait fait trop de concessions. Je l'ai invité à voir le bon côté des choses, à avoir un peu de dignité : il écrivait pour la postérité !

6.

Le mammouth du milieu

Paul ne voulait pas attendre la vie éternelle pour connaître la consécration. Décidé à forcer son destin, il a fait des pieds et des mains pour être reçu par Octave Marcillac, qui restait injoignable.

Le soir du Goncourt de Chardin, l'éditeur a donné un grand dîner à La Closerie des Lilas. Il n'avait jamais été envisagé que Paul soit invité. Mon ami a lu un récit de la fête dans *Le Figaro* deux jours plus tard : après quelques cognacs et armagnacs, Marcillac s'était mis debout sur une table et avait enlevé son manteau Lanvin qu'il avait offert à Chardin, histoire de le féliciter pour son prix – une scène qui avait follement amusé l'assistance et ferait parler le milieu pendant quinze jours. Car le filou n'était pas aussi généreux avec tout le monde.

Début décembre, Paul a aperçu Marcillac boulevard Saint-Germain. S'étant procuré son numéro de portable, il l'a appelé.

« Allô ?

— Bonjour, pardonnez-moi de vous déranger, c'est Paul.

— Paul ?

— Paul Beuvron, l'un de vos auteurs.

— Ah, comment allez-vous ? Je pensais justement à vous. Je suis ravi de vous parler, mais, voyez-vous, je vais devoir vous laisser. Figurez-vous que je suis en congé !

— En congé ?

— Je suis en Suisse ! Il fait un temps radieux. J'inaugure la saison de ski.

— Vous m'étonnez. Il y a déjà de la neige ?

— Plus que jamais. Là, je m'apprête à dévaler une piste. À très bientôt, et bravo pour tout ! »

Il lui a raccroché au nez. Le sang de Paul n'a fait qu'un tour : cette fois, ça dépassait les bornes. Il a rattrapé Marcillac quelques mètres plus loin.

« Pardon d'être impoli, mais vous n'êtes pas en Suisse !

— Bien sûr que si, j'y suis. De quoi je me mêle ? Vous avez déjà lu Descartes ?

— Pardon ?

— Descartes nous apprenait que nos sens sont trompeurs. Je vais être clair : si vous accordez plus de crédit à ce que vous voyez qu'à ce que je vous dis, vous ne resterez pas longtemps un auteur de la maison. Puisque vous insistez, demandez à ma secrétaire de nous trouver un moment avant la fin de l'année. Nous nous verrons à mon retour de Gstaad. D'ici là, laissez-moi profiter de la neige. Elle est très bonne. »

Paul a enfin eu droit à son rendez-vous la veille des vacances de Noël. Il n'en menait pas large en arrivant rue Garancière devant l'immeuble historique des éditions Marcillac. À cause de son quasi-monopole sur la littérature française du XXe siècle, on oublie que Gallimard est une maison récente, qui commence à faire ses preuves. Il est bon de rafraîchir les mémoires quant aux véritables pères de l'édition moderne.

Qu'on ne nous parle pas de Pierre-Jules Hetzel ou d'Auguste Poulet-Malassis. Auprès de Louis Hachette, Michel Lévy et Albert Lacroix, Martin Marcillac (1810-1880) fut le quatrième prophète. Rien ne prédisposait ce solide négociant barbu à faire fortune dans les lettres, hormis peut-être son avarice, si l'on estime comme Baudelaire qu'elle est le trait de caractère dominant de ces « affreux coquins » que sont les éditeurs. Pingre pince, bien moins libéral qu'Albert Lacroix, Marcillac savait comme personne plumer ses auteurs et dégager de bonnes marges. Il n'eut pas le génie de Louis Hachette ouvrant les premiers points de vente dans les gares ferroviaires, ni celui de Michel Lévy lançant des livres à un franc – une collection dans laquelle le même Baudelaire, l'un de ses auteurs, avait farouchement refusé d'être publié, la jugeant vulgaire. Moins doué que ses confrères pour l'innovation, cet homme trapu avait un flair de cochon truffier. Certes, il n'avait pas signé comme Michel Lévy des Dumas, des Sand ou des Flaubert. Il n'avait pas été, comme Albert Lacroix, derrière Hugo et ses *Misérables*. Mais il avait été le premier sur Liancourt, Guyon, Combreux et Blanzac, quatre romanciers à succès aujourd'hui oubliés dont les ouvrages garnissaient alors les bibliothèques bourgeoises – ce qui remplissait par la même occasion le coffre-fort de Martin Marcillac.

La suite fut plus dure pour la maison Marcillac. Des concurrents plus jeunes étaient apparus, tel Ernest Flammarion. En 1880, on avait enterré le patriarche. En 1881 étaient nés Gaston Gallimard et Bernard Grasset, qui n'allaient pas compter que pour des prunes. La société avait connu des trous d'air. En l'an 2000, alors que nous changions de siècle et même de millénaire, le groupe Hachette avait racheté cette belle endormie. Malgré tout, les descendants de l'avare prophète étaient restés aux manettes de l'entreprise familiale devenue filiale. Octave Marcillac était la cinquième génération. Et il en imposait.

Sexagénaire enrobé, mesurant ses deux mètres de haut, Octave Marcillac était monolithique, entre le mammouth et le menhir. Avec ses costumes gris de banquier de la City, peu courants dans son milieu, il faisait surtout penser à un monument aux morts. Quand on le voyait, on pensait à la gloire perdue de son empire éditorial, aux maréchaux des temps anciens, aux grognards et aux hussards, à tous ses écrivains tombés au champ d'honneur, à ses auteurs plus fragiles fauchés après un seul livre, à ses campagnes perdues dans la conquête des librairies, au Waterloo général d'un secteur sinistré, à ses magouilles pour le dernier prix Femina qui avaient fini en Bérézina... Au fond, il s'en foutait. Parce qu'il avait eu le Goncourt, qui valait bien mieux que le Femina ; et plus largement parce qu'il n'avait pas de vision à long terme. Directeur des éditions Marcillac, c'était son statut social. L'actionnaire le maintenait à son poste comme mascotte, sa marge de manœuvre était de plus en plus limitée. S'il s'accrochait à son fauteuil en cuir, c'est que sans lui il n'était plus rien. Il avait hérité le duplex de la rue du Bac, le splendide mas de Ramatuelle et la maison de week-end dans le coin de l'hippodrome de Deauville – une belle demeure anglo-normande à la charpente vermoulue et au salon débordant de livres poussiéreux de Blanzac, de Combreux, de Guyon et de Liancourt. Longtemps cavaleur, Octave s'était marié deux fois à des femmes impossibles dont il n'avait pas eu d'enfants. Ainsi s'achèvent les familles françaises. Il serait le dernier de sa lignée. Après lui le déluge.

Quand on se rendait aux éditions Marcillac, on n'arrivait pas directement jusqu'au patron. Au rez-de-chaussée se trouvaient l'ancien entrepôt et les archives, classées de 1835 à nos jours. Après avoir gravi l'escalier au bois patiné, celui qu'avaient foulé les plus grands (dont Combreux !), on était accueilli à l'étage par le portrait de Martin Marcillac, peint par Ingres en 1860. Hercule lui-même en aurait frémi : il fallait alors passer devant le bureau d'Apolline Ollonde.

C'était tout un poème, Apolline, la glaçante directrice de la communication des éditions Marcillac… Elle y était entrée comme stagiaire et y était encore quarante ans plus tard, cheffe de service crainte de ses collaboratrices, de ses auteurs, des coursiers, de tout le monde. Elle était mariée avec un magistrat qu'on ne pouvait accuser de jalousie. On avait prêté à Apolline de nombreuses liaisons avec des écrivains, des patrons de presse et des ministres, elle avait toujours nié – pour son incartade avec une académicienne, en revanche, elle avait laissé les gens jaser. C'était une intellectuelle en même temps que l'égérie fanée d'un Saint-Germain-des-Prés qui existait de moins en moins. Elle avait défilé pour Saint Laurent en 1971, à l'époque où elle comptait faire un doctorat sur Proust. Elle travaillait alors à mi-temps chez Marcillac, et y avait finalement pris racine, pour le plus grand malheur des timides et des peureux auxquels elle donnait des sueurs froides. Elle menait son équipe d'une voix cassée, n'aurait jamais touché une enveloppe. Longiligne, racée, aussi sèche et osseuse qu'une héroïnomane, elle avait des vêtements de créateurs et les bras couverts de bracelets, à la Nancy Cunard. Parisienne Rive gauche et titi à la fois, capable des pires grossièretés quand on s'y attendait le moins, elle avait ses têtes et, quand quelqu'un ne lui revenait pas, elle ne changeait plus d'avis sur lui. À *Avant-garde*, Lusignan la divertissait; elle l'invitait à déjeuner deux ou trois fois par an – Lipp, Dôme, Récamier, Méditerranée, Marco Polo... Paul, à l'inverse, n'avait pas eu l'heur de lui plaire. En l'apercevant dans le couloir, elle l'a alpagué. Se plaignant souvent du chauffage, toujours trop bas pour elle, elle portait ce jour-là un manteau de fourrure. Elle fumait une de ses longues cigarettes mentholées et a fixé sur mon ami ses yeux verts de serpent déviant qui vous transperçaient aussi assurément qu'une seringue.

«Alors mon lapin, tu n'es pas content de la réception de ton bouquin? Tu t'attendais à quoi? Au prix Nobel?

— Je me serais contenté de quelques recensions.

— L'article à charge dans *Libé* était très bien! Il faut que ça bouge, sinon on s'emmerde grave! Il y en a marre de toutes ces chochottes. Tu voulais quoi de plus? La une du *New York Times*? Poser à poil dans *The Sun*? Et qu'on en fasse un poster? Toute ma troupe s'est battue pour toi, mon coco, corps et âme, jour et nuit. Tu n'aurais pas eu mieux ailleurs, tu peux me croire. Mais il paraît que tu as pris rendez-vous avec Octave pour pleurnicher un petit coup. Sans rancune de ma part, prends donc un mouchoir...»

Paul ne s'est pas attardé plus longtemps auprès du boa constricteur. Il devait garder un minimum d'influx nerveux pour affronter le mammouth. Sa secrétaire lui avait dit qu'il était attendu et que la porte serait ouverte, mais, celle-ci étant fermée, Paul a frappé. Il y a eu un long blanc avant qu'on entende le mot magique.

« Entrez… »

Marcillac a dit ça d'une voix mourante. Volontiers comédien il aimait laisser s'installer des silences pesants avant de repartir dans ses éloges ou ses diatribes, ses discours pleins de caresses et de piques, de palinodies et de chinoiseries, de promesses et de faux-semblants.

Paul s'est assis en face du mastodonte, qui explosait dans un costume rayé coupé dans une flanelle en laine et cachemire mélangés. Sa cravate en tricot orange vif, trop serrée autour de son cou, donnait l'impression qu'il suffoquait. Au bord de l'infarctus, Marcillac vous observait derrière des lunettes d'écaille, avec ses cheveux de riche, abondants et bouclés, bien plaqués en arrière.

Je savais par Lusignan que Marcillac avait tout misé sur Bayeux au Femina, mais l'avait laissé tomber comme une vieille chaussette quand la machine s'était mise en place derrière Chardin pour le Goncourt – il y avait une stratégie de groupe derrière, et la direction d'Hachette l'avait appuyé quand ils avaient compris que c'était dans leurs cordes. Toujours jouer le cheval gagnant : la première règle dans la profession. Marcillac avait cessé de dire dans les dîners ce qu'il pensait du roman de Chardin – qu'il était « bien calibré et bien geignard, écrit dans une langue de collégien ». Du jour au lendemain, il avait tenu Chardin pour l'égal de Proust. « Le plus grand styliste de notre siècle », répétait-il matin, midi et soir à La Closerie des Lilas. Ne restait plus qu'à convaincre un ou deux jurés, et ça, Marcillac savait y faire.

Face à Paul, bien sûr, ce n'était pas la même histoire.

« Quelle superbe rentrée nous avons faite, avec ce prix Goncourt auquel nous ne nous attendions pas !

— Chardin doit être aux anges.

— Je n'ai pas les derniers chiffres, mais je pense que c'est énorme… Le Goncourt dope un livre plus assurément que des anabolisants. Ajoutez à ça que le roman de Chardin est un chef-d'œuvre comme on n'en fait plus. Le bouche-à-oreille tourne à plein régime. On en vend comme des petits pains ! »

Le téléphone portable de Marcillac a sonné à ce moment-là. Il a lu le nom qui s'affichait sur l'écran.

« Ah, c'est Bayeux… Pas sûr que j'aie le courage de lui parler maintenant. Qu'il réessaie l'année prochaine. »

Le mammouth était sur messagerie, c'était connu dans le milieu. Il a filtré son auteur pour mieux déblatérer contre lui.

« Bayeux se plaint de moi dans tout Paris… Quel melon ! Il me fatigue depuis qu'il a pris un agent. Il ne pense plus qu'au pognon. Il n'a qu'à se payer une petite thalasso, avec les avances dont il s'est gavé… Ou un lifting, pour rester dans le coup auprès de ses lectrices. Cette diva ne supporte pas de vieillir. Pas de chance : rater le Femina lui a donné de nouvelles rides.

— Ça ne doit pas être simple pour vous tous les jours de gérer des personnalités pareilles.

— Oh, rassurez-vous, je ne fais pas de sentiment. Ç'a été ma meilleure décision de ces derniers mois de programmer Chardin à la rentrée : personne ne pouvait exister à côté de lui. »

Marcillac manquait-il de tact à ce point ? Pauvre Paul qui avait publié en même temps que Chardin…

« Il y a des sacrifiés dans une rentrée littéraire. Je suis sincèrement désolé que ça soit tombé sur vous – je vous le dis du fond du cœur. Il faut quand même que vous sachiez que votre livre m'a secoué.

— Ah bon ?

— J'ai pris une claque. Enfin, je vous l'ai assez répété… Je l'ai lu deux fois. Chapeau ! »

C'était la première fois que Paul parlait en tête à tête avec Marcillac, qui ne lui avait jamais rien dit de tel. *Le Roman national* trônait sur le bureau du patron. Ce dernier s'est mis à feuilleter le pavé avec une moue admirative. En connaisseur. Quelqu'un a toqué à la porte : Claudine La Haye, la responsable sans âge des cessions de droits à l'étranger. Le mammouth a prié Paul de l'excuser une seconde, et il est allé dans le couloir s'entretenir avec sa salariée, qui devenait un peu sourdingue.

« J'ai encore eu une demande tout à l'heure. On en est déjà à vingt pays. Et là, l'offre est très au-dessus de ce que j'espérais dans mes rêves les plus fous.

— Ne parlez pas trop fort, Claudine : je suis en rendez-vous avec un auteur pour lequel ç'a moins bien marché, il ne faudrait pas qu'il nous entende, vous savez comment sont ces gens-là…

— Ces enquiquineurs, vous voulez dire ?

— Restez correcte, je vous en prie.

— Ces bons gros tocards ?

— Chut !

— C'est quand même fabuleux : nos écrivains n'ont plus aucun lecteur en France, on peine même à faire acheter leurs livres par leurs mères, et là tous les pays du monde se battent pour Chardin ! J'espère que ce n'est pas une caméra cachée. Pour le moment, je plane. Je découvre des langues dont j'ignorais l'existence, je pose le pied sur de nouveaux territoires. J'ai l'impression d'être Christophe Colomb ! »

La concurrence avait si souvent donné pour mort notre Marcillac… Avec Claudine, le conquistador savourait son succès, sans lendemain, certes, mais plaisant sur le moment.

Comme l'éditeur et la sourde continuaient à papoter, Paul a attrapé son livre. Il s'agissait de l'exemplaire qu'il avait signé à Marcillac le jour de son service de presse, pensant se faire bien voir – on a vu le résultat. Le roman était absolument intact, pas la moindre tache ni plissure. Il était évident que Marcillac ne l'avait jamais ouvert avant cet après-midi.

Quand il est revenu dans son bureau, Paul a voulu tester ce menteur monumental.

« Merci pour votre gentillesse, c'est très sympa que vous l'ayez lu deux fois. Un passage vous a plu en particulier ?

— Enfin, *Le Roman national* est un bloc ! C'est à prendre ou à laisser. On ne peut pas saucissonner un tel livre. Sortir une phrase de son contexte, je laisse ça au pékin moyen. Nous sommes encore quelques-uns à savoir ce qu'est la littérature, la vraie – et elle mérite certains égards.

— Le passage à la Froissart vous a donc convaincu ?

— Dès le début vous m'avez emporté. Quel beau voyage à travers l'histoire de France ! Pour être honnête, j'ai craint de perdre le fil vers le milieu, mais vous avez bien fait de ne rien couper car vous savez nous rattraper par le colback avec ce passage mémorable.

— Lequel ?

— Celui, vous savez, où vous pastichez…

— Où je pastiche qui ?

— Où vous pastichez si bien, avec cette maestria qui est la vôtre et n'appartient qu'à vous. La seconde moitié est hallucinante. Aucun temps mort. Ça, on ne s'ennuie pas ! Et la fin… Cette fin ! Non mais cette fin, quand même ! On en parle, de cette fin ? Franchement on n'en lit plus, de nos jours, des fins pareilles ! »

Marcillac s'était mis debout, histoire de théâtraliser un peu plus son enthousiasme. Il s'est allumé un cigare, un autre de ses signes distinctifs avec ses costumes de banquier et le whisky écossais qu'il s'envoyait dans le cornet sans jamais être ivre.

Paul ne comprenait pas ce que cherchait soudainement le bonimenteur. S'il le flattait, c'est qu'il y avait intérêt. Or il n'avait pas lu *Le Roman national*, qui ne s'était pas vendu… Alors quoi? Au point où on en était, Paul s'est dit qu'il avait aussi le droit de bluffer.

«Je suis touché que vous ayez tant aimé mon livre : tout le monde loue vos qualités de lecteur, votre œil de lynx. On dit que vous êtes le meilleur, le dernier des Mohicans, que les écrivains que vous publiez peuvent construire une œuvre grâce à votre soutien. Nous autres, les auteurs, nous avons plus que jamais besoin de confiance. Les très grands éditeurs du passé savaient publier à perte. On prétend que ces très grands éditeurs n'existent plus… Qu'en pensez-vous?

— Je vous vois venir : vous voulez un contrat?

— Si vous me le proposez…

— Ne me mettez pas le couteau sous la gorge! Ne me forcez pas à vendre mes meubles, l'argenterie de famille, et jusqu'à mes tapis… Vous êtes très jeune, non? Quel âge avez-vous?

— Vingt-quatre ans.

— Ne perdez donc pas votre jeunesse en courant après la reconnaissance comme Bayeux. Ce chalala a mal vieilli. Avec son fond de teint, il ressemble de plus en plus à un travesti. Je ne vous le souhaite pas. J'ai d'autres projets pour vous.

— Lesquels.

— Je vais vous le dire. Scotch ? »

Il était quatre heures de l'après-midi. Marcillac a servi deux verres de Lagavulin, un petit pour Paul et un grand pour lui. Il l'a sifflé cul sec et s'en est resservi un autre. On allait pouvoir passer aux choses sérieuses.

« J'aime beaucoup ce que vous faites, cette littérature expérimentale incompréhensible pour les non-initiés, mais vous devez comprendre que ça ne nous nourrit pas. Dans l'édition, on ne vit pas d'amour et d'eau fraîche. Il faut inventer des moyens de palper.

— Et ?

— Et avec vous, par exemple, je ne palpe pas du tout.

— Avec qui palpez-vous ?

— C'est tout le problème, justement… Des auteurs avec lesquels on perd un tas d'oseille, on en trouve partout, ce n'est pas ça qui manque ; mais des auteurs avec lesquels on palpe, ça on en cherche désespérément. Et là, j'en ai signé un.

— C'est secret ?

— Plus ou moins… Je vais vous le confier car je veux vous mettre dans la boucle : il s'agit de Patrick Rossi.

— Vous rigolez ? Rossi chez Marcillac ?

— Ça vient du groupe… Ils m'ont aidé à avoir le Goncourt ; en échange, je dois m'occuper du dossier Rossi. Rossi a des tirages mirifiques mais souffre d'un vrai déficit d'image – tout le monde le prend pour un péquenaud, pour dire les choses franchement. Il est en quête de crédibilité littéraire, onction divine que nous pouvons lui apporter.

— Ne risquez-vous pas de vous décrédibiliser par la même occasion ?

— Oh, Marcillac est une maison bien assez ancienne pour encaisser le choc… »

Le pacha pachyderme a tiré sur son cigare avec la sérénité de celui qui en a vu d'autres. La décoration de son bureau n'était pas constituée de bibelots achetés la veille dans une boutique à la mode. Il avait sur sa table d'épais livres de comptes des années 1850. Et derrière lui, sur une étagère, on voyait quatre bustes en bronze : ceux de Liancourt, Guyon, Combreux et Blanzac – le mont Rushmore des éditions Marcillac, à défaut d'être celui de la littérature française du XIXe siècle.

« Vous, à titre personnel, vous aimez les livres de Rossi ?

— Si je devais ne serait-ce qu'apprécier ce que je publie, cela ferait longtemps que j'aurais fait faillite… Tout éditeur qui se respecte juge épouvantable la majorité de sa production ! Rossi, c'est du petit polar sentimental à la mords-moi-le-nœud – aucun intérêt, mais ça marche.

— Et en quoi puis-je vous aider ?

— Vous ne devez pas vous en souvenir, mais l'an dernier il y a eu un canular autour d'une vraie-fausse candidature de Rossi à l'Académie française.

— J'avais suivi ça, en effet.

— Rossi, qui est un peu parano, a cru que ça venait de chez son éditeur, que quelqu'un s'y foutait de lui. Il a demandé la tête de plusieurs personnes, ça s'est envenimé, la situation n'était plus tenable. Le problème, c'est qu'il s'est brouillé à mort avec son éditeur, qui était, comment dire, très… *interventionniste.*

— Vous insinuez que Rossi n'écrit pas ses livres ?

— Moins fort ! Pourquoi tout le monde parle si fort dans cette maison ? Et ne commencez pas à casser du sucre sur le dos de notre prochaine poule aux œufs d'or. Les bonnes idées sont de Patrick, bien sûr, les meilleures phrases aussi. Et ses scènes, toutes ses si belles scènes… Patrick a une façon inégalable de camper ses personnages, de créer des ambiances. Il a par ailleurs un grand art de la construction et des dialogues qui font mouche. Cependant, oui, il a besoin d'un partenaire de jeu…

— Dois-je comprendre que vous me demandez d'être son nègre ?

— Son *partenaire de jeu*, je vous dis. Patrick a perdu toute confiance en lui, il faut l'épauler et le motiver. Qui peut le plus peut le moins : vous avez su pasticher Chateaubriand, vous saurez pasticher Rossi. Attention, toutefois : il faudra singer Rossi, mais en le tirant vers le haut.

— C'est un défi… »

Nous étions en décembre. Marcillac laissait à mon ami jusqu'à fin mai pour rendre une version définitive. Ils feraient les corrections dans la foulée, en juin, début juillet au plus tard, avant les départs en vacances. Le livre ne serait pas annoncé dans les programmes – il y figurerait sous X. La rentrée littéraire ronronnerait à son habitude, et hop, mi-septembre, Marcillac créerait la surprise en lançant le nouveau Rossi ! Outre une vaste campagne d'affichage, l'éditeur prendrait de la pub dans *Le Figaro littéraire* et *Le Monde des livres*, il insisterait lourdement pour décrocher la une d'un hebdo, ainsi que les deux ou trois émissions encore prescriptrices à la télé et à la radio… Marcillac voulait entendre le bel accent méridional de Patrick Rossi sur les ondes de Radio France ! Les snobs cesseraient de se boucher le nez.

« Ne chipotez donc pas… Combien prenez-vous pour ce travail ? »

Marcillac a saisi son carnet de chèques et l'a lancé à Paul, qui n'en croyait pas ses yeux.

« Écrivez la somme que vous voulez. »

Paul a mis dix mille euros, ce qui lui paraissait exagéré mais a fait rire Marcillac.

« Petit joueur ! Bayeux me demande dix fois plus pour ses récits nombrilistes que plus personne ne lit, même dans les salons de beauté… Enfin on va faire entrer de la caillasse – je vous en remercie d'avance. Il me semble que cet entretien est terminé. En repartant, arrêtez-vous au bureau de ma secrétaire pour le contrat. À partir de là, motus.

De toute façon, vous signerez une clause de confidentialité. Faute de la respecter, vous aurez un procès. Ce ne sont pas des menaces, juste une information. Quant à tout ce que je vous ai raconté par ailleurs, bien entendu, c'est *off*. Ce qui se dit dans le bureau d'Octave Marcillac ne sort pas du bureau d'Octave Marcillac. »

7.

La conversion de Paul

Paul avait transcrit cette conversation dans son journal intime, où je l'ai retrouvée avec bonheur. Il n'a rien inventé : je me souviens qu'il m'avait tout raconté au Relais du Bois, ce charmant restaurant sis au fin fond du XVIe arrondissement, près de la voie de train désaffectée du boulevard Émile-Augier, où nous dînions en décembre 2009, le 23 exactement – on verra pourquoi je me souviens de la date.

Paul s'enfonçait dans la banquette, laissant refroidir son foie de veau.

«Je vais te faire une confession. Tu me promets de tenir ta langue, pour une fois ?

— Oui.

— Je ne plaisante pas : si tu en parles à tes amis d'*Avant-garde*, je suis foutu, je n'aurai plus qu'à me tirer une balle.

— N'exagérons rien…

— Voilà : je vais écrire le prochain Patrick Rossi.

— Encore un canular ?

— Il faut bien vivre. L'idée m'amuse aussi, je dois dire… »

Paul m'a expliqué ce que nous avons vu au chapitre précédent. Dans l'urgence et dans l'ombre, il écrirait trois cents pages en respectant un cahier des charges bien précis : faire monter Rossi en gamme sans qu'il perde son cœur de cible – les lecteurs qui achetaient ses livres dans les centres commerciaux de province.

« En gros, c'est du relooking. Tu dois nous rendre Rossi glamour.

— Ne commence pas à faire du mauvais esprit. C'est une opportunité que je dois saisir. Je ne serai pas toute ma vie prof de collège à Argenteuil… »

Paul s'étranglait chaque fois qu'il prononçait le nom d'Argenteuil. Il se remettait aussi mal de cette affectation que de son accident. La rentrée avait commencé par un arrêt-maladie en raison de sa chute de l'été, mais il avait repris du service après la Toussaint, avec une canne. Il avait abusé des antidouleurs pour ne pas voir la réalité : il ne pourrait plus jamais pratiquer l'escalade au niveau qui était le sien avant. Il garderait une jambe raide.

Il subsistait cette autre ascension : se hisser socialement. Paul me reprochait parfois d'avoir grandi dans les beaux quartiers – et hérité des clefs pour ouvrir certaines serrures qui lui restaient fermées. L'aisance patricienne de Marcillac l'avait marqué. Malgré sa culture, Paul se voyait privé de certains codes. Sa vive intelligence et ses facultés d'adaptation ne suffisaient pas : il se sentait très *à côté*. Par ailleurs, bien que n'enviant pas les articles mal payés que je publiais tous les mois dans *Avant-garde*, il en interprétait de travers le ton sarcastique. Il était convaincu que je connaissais tout le monde, que j'appartenais à une occulte franc-maçonnerie, que je me livrais avec Archambaud et Lusignan à des conspirations dans les coulisses. Alors que je n'étais qu'une concierge en voie de déclassement ! Paul se trompait dans son appréciation des uns et des autres. Lusignan, qui du côté de sa mère était cousin issu de germain de Marcillac, m'avait expliqué que l'éditeur était l'homme le plus complexé de Paris – il ne se remettrait jamais d'avoir été placé par son père à son poste de patron. J'assurais à Paul que Marcillac n'était pas le maître des horloges éditoriales. Il faisait semblant, lui aussi. Il enfumait son monde. Comme nous tous, il naviguait à vue avec ses blessures d'orgueil.

Paul ne voulait rien entendre. L'appel des arrière-cuisines était plus fort que lui. Il désirait lui aussi tirer les ficelles.

« Tu m'avais dit un truc juste, une fois, quand nous rentrions de Daniélou par la rue Lionel-Terray…

— Première nouvelle !

— Cette idée qu'il faut fuir une lumière trop éclatante, que la disgrâce n'est jamais loin… »

Sur ce point il avait raison : au jeu des chaises musicales, l'obsolescence n'épargnait personne. Combien d'années Rossi resterait-il en tête des ventes? Ça n'aurait qu'un temps. Puis il serait remplacé. Pour durer, mieux valait être au second plan – actionner la manivelle du manège plutôt que de s'y asseoir. Je pigeais le raisonnement sans en deviner encore la conclusion.

« Marcillac m'ouvre une voie à laquelle je n'avais pas songé : démissionner de l'Éducation nationale et très bien gagner ma vie en écrivant à la chaîne les best-sellers des autres.

— Tu m'as toujours dit que tu détestais les best-sellers.

— Il faut croire que je porte bien mon prénom : je me convertis comme saint Paul sur le chemin de Damas !

— Pardon ?

— Saint Paul chassait les chrétiens avant de devenir le meilleur d'entre eux. De mon côté je me moquais stupidement de *La Vérité sur l'affaire Antonia Grimaldi*, de *Tu étais tout pour moi*, du *Mystère de Hyde Park*… Maintenant j'ai foi en Rossi.

— Laisse donc saint Paul en dehors de ces malversations : il ne faut pas confondre conversion et retournement de veste ! »

Paul n'a pas fini son baba au rhum. Nous avons marché rue Mignard et avenue Henri-Martin, pour qu'il prenne le métro à la station Rue-de-la-Pompe. Je n'étais pas convaincu par ses arguments.

« Tu es sûr de toi ?

— Oui, je vais apprendre la commande, l'artisanat, cela va me permettre de progresser.

— Tu ne veux plus du tout écrire pour toi ?

— Si, mais j'ai largement le temps. Tout en faisant le bouquin de Rossi, et d'autres peut-être, je noterai des idées pour un nouveau projet qui aboutira quand il aboutira…

— Sauf que, si par malheur tu meurs avant d'avoir écrit ton grand livre à toi, il ne restera que ceux que tu auras écrits pour les autres.

— Eh bien, je te parie que je publierai un second roman avant de claquer ! »

Il m'inquiétait, mais j'ai préféré changer de sujet.

« Tu pars un peu pour Noël ?

— Oui, je vais quelques jours à Grenoble chez mes parents… Je prends le premier train demain matin. Il faut que je rentre me coucher. »

Paul s'est engouffré dans la bouche de métro sans se retourner. Il m'a fait penser à Alain Kan, le glam-rockeur légendaire, auteur en 1975 de l'album *Et Gary Cooper s'éloigna dans le désert…* Un jour de 1990, Kan a pris lui aussi le métro à la station Rue-de-la-Pompe. Et personne ne l'a jamais recroisé. Mon ami Paul ressortirait-il vivant de cette rame et, à plus long terme, de cette nouvelle vie de prête-plume ? Il risquait de s'épuiser, mais c'était trop tard pour le faire changer d'avis, le ver était dans le fruit. J'étais triste pour lui : ce n'est pas tous les jours qu'un ancien camarade vend son âme au diable.

À ma grande surprise, j'ai revu Paul plus rapidement que prévu. Le lendemain de notre soirée au Relais du Bois, je devais festoyer avec mes parents.

Or je n'avais toujours pas de cadeau pour mon père. Une boîte de chocolats, des marrons glacés ou des oranges confites : l'idée était nulle, mais ferait l'affaire. Je trouverais une confiserie vers Havre-Caumartin.

Paul habitait alors un tout petit studio dans ce quartier, un peu plus bas, rue des Capucines. Après ma course, je l'ai aperçu boulevard Haussmann. Il était dix-neuf heures : trop tard pour qu'il soit à Grenoble à temps pour le dîner. Il n'y allait donc pas. Le chagrin m'a pincé le cœur. Ce constat m'avait déjà frappé dans le milieu que je fréquentais. Lors des fêtes, Paris se vidait. Les jeunes gens les plus branchés de la capitale retournaient dans la ville et parfois le village de leurs origines, où les attendaient des parents aimants qui leur faisaient souvent honte. Paul considérait les siens comme des ressortissants d'un autre pays. Là-bas, sa mère avait peut-être installé des santons. Elle avait tenté de le joindre. Elle lui avait laissé des messages sur son répondeur. Devant la crèche et le berceau encore vide de Jésus, elle avait prié pour que son fils la rejoigne, ou au moins la rappelle avec une bonne excuse. Et lui l'avait ignorée.

Je le regardais de dos, boitillant dans la nuit illuminée. Des grappes de touristes affluaient en riant, tenant par la main des enfants émerveillés par les vitrines de Noël des Galeries Lafayette. Paul s'est mêlé à la foule et y a disparu, une ombre forçant sur sa jambe gauche qui lui faisait si mal.

8.

Au service de Rossi

Patrick Rossi n'avait pas encore acheté d'appartement, mais avec ses droits d'auteur il louait un trois-pièces rue de Verneuil, pas loin de l'ancienne maison de Gainsbourg. Cette adresse, censée montrer que désormais il en était, dénotait au contraire qu'il était resté et resterait toujours un touriste.

Paul m'avait raconté ce qui suit au comptoir du Mansart… La première fois qu'il est venu le voir, Rossi l'a reçu en pantoufles et peignoir. Dès l'entrée, un classique chez les auteurs à succès, on tombait sur les versions étrangères de *La Vérité sur l'affaire Antonia Grimaldi*, roman traduit dans tous les pays du monde – Rossi était une star en Italie, en Pologne et même en Corée.

Plus inattendu, le vélo d'appartement.

« Un esprit sain dans un corps sain : la base. Le gainage et la grammaire ne sont pas dissociables pour un auteur. Les écrivains relâchent trop leurs abdominaux. Un peu de tonus ! Je roule une demi-heure tous les matins, ça me met en condition avant de travailler. Et je vais à la salle de sport trois fois par semaine. J'en ai besoin, vous voyez ? Je ne veux pas finir comme Balzac.

— Vous ne voulez pas finir comme Balzac littérairement ?

— Physiquement. Je ne veux pas ressembler comme lui à un phoque essoufflé.

— Vous avez de la marge, rassurez-vous, et fiscalement aussi : j'imagine que les huissiers ne sonnent pas tous les jours à votre porte. »

Rossi n'a pas réagi. Il a invité Paul à passer au salon.

Paul en a détaillé la décoration pendant que Rossi leur préparait des cafés : un autographe de Stephen King encadré, des plantes vertes, un bouddha, une ambiance à la fois méditative et culturelle avec des photos de Paris en noir et blanc, un album de Diego en vinyle (on était chez un mélomane), une affiche de l'exposition de Jeff Koons au château de Versailles en 2008, un morceau de mur couvert de graffitis, une vieille machine à écrire Underwood...

« C'est sur une machine de ce modèle-là que Kerouac a tapé *Sur la route*.

— Vous aimez Kerouac ?

— Ses livres ont leurs limites, mais le personnage me plaît : il portait bien le tee-shirt. Hemingway était quand même plus costaud. Fitzgerald, ça manque d'action, et c'est daté… Je m'intéresse surtout au street art en ce moment. Je commence une collection, je me lance à peine… Il faut avoir les moyens ! Ça coûte une blinde, une œuvre comme celle que vous voyez là. »

Le culturiste des lettres portait une gourmette au poignet gauche. Que faisait-il encore en peignoir à dix heures du matin ?

« On se tutoie ?

— Comme vous préférez.

— J'ai du mal à émerger, en ce moment… Me lever est un effort. Même la gym ne suffit plus à me motiver. Marcillac a dû te dire que je connais un passage à vide ?

— C'est la preuve de ta valeur : tous les gens qui comptent ont un jour ou l'autre leur traversée du désert. Charles Quint lui-même a connu les affres de la remise en question. Et je ne parle pas de Napoléon.

— Oh, moi, c'est juste un petit coup de mou… La pression de ne plus être numéro un. C'est difficile à expliquer, tu ne comprendrais pas – quand tu as connu l'or olympique, tu ne veux pas redescendre, plus rien d'autre n'a de saveur.

— C'est une angoisse ?

— Oui. Et puis il faut réussir à se renouveler sans perdre ses lecteurs, ce qui est une gageure… Marcillac pense qu'avec le prochain, si je négocie bien le virage, un autre public redécouvrira mes anciens bouquins. Il mise sur un effet radioactif.

— Sur un effet rétroactif, tu veux dire ?

— Ça revient au même. Tu as lu mes trois livres ?

— Bien sûr ! Avec *Le Mystère de Hyde Park*, tu as franchi un cap. Tu es entré dans la cour des grands.

— Tout est question de structure, de dosage et de travail… Mes arcs narratifs bien pensés me permettent de dérouler des histoires prenantes, et mes personnages féminins sont inoubliables.

— Ton style est éblouissant. C'est difficile d'arriver à cette apparente simplicité. Tu as quelque chose de Simenon.

— Ce n'est pas pour te contredire, mais Simenon ne vaut pas tripette. Mes romans ont plus de corps, plus de chair… »

Patrick Rossi n'était pas aisé à flatter. À qui voulait-il être comparé ? À Dostoïevski ? Il est allé se refaire un café et est revenu soucieux.

Il a expliqué à Paul qu'il oscillait en permanence entre la littérature sentimentale et le roman noir, et que le public était de plus en plus exigeant. C'était dur de séduire quatre cent mille lecteurs. Les romans devaient désormais être très bien ficelés. Quand on relisait Agatha Christie ou Conan Doyle, ça ne tenait pas la route. Chez Edgar Allan Poe, il y avait un petit truc, mais ça restait de la musique d'ambiance. Quant à Balzac, il s'était laissé aller : plus il engraissait, moins il musclait ses histoires. Tous ces types ne savaient pas rentrer leur ventre… Et les Russes, on en parlait ?

Que des bouquins trop longs et mal fichus. Dans *Crime et Châtiment*, en plus, il y avait des incohérences.

«Les gens étaient analphabètes à l'époque… On ne peut plus se permettre ces facilités.

— Je suis bien d'accord. Et pardon pour Simenon – je dois en avoir une vision idéalisée car je l'ai lu il y a longtemps, quand j'étais ado. Tu lui es supérieur, il faut dire ce qui est.»

Le prof de fitness semblait rasséréné. Envoûté par les endorphines comme après deux bonnes heures d'haltères. Soutenir une conversation avec lui exigeait de la souplesse et de l'endurance. Paul n'avait pas fini de soulever de la fonte.

«Je n'ai pas acheté ton livre, là, *Le Patrimonial*…

— Ça s'appelle *Le Roman national*, mais tu n'es pas le seul à ne pas l'avoir acheté.

— Il paraît que tu sais comme personne imiter un style. Vrai ?

— J'ai le goût du pastiche en tout cas.

— Marcillac m'a expliqué… J'ai tout fait sur mes trois premiers livres, mais là j'arrive à un stade de ma carrière où j'ai besoin d'une équipe.

— Comme Alexandre Dumas ?

— Arrête avec tes contre-exemples ! Lui aussi aurait dû aller à la salle ! Trop de brioche.

— Qu'entends-tu par *équipe* ?»

Dans la variété, les meilleurs chanteurs s'entouraient de musiciens, de compositeurs et de paroliers, d'ingénieurs du son, de producteurs… Ils n'étaient jamais seuls en studio. Parfois, ils assuraient la promotion de disques sur lesquels ils n'avaient quasiment rien fait à part pousser la chansonnette quand tout le travail leur avait été prémâché. Les grands patrons déléguaient aussi. Quant aux hommes politiques, ils avaient des conseillers qui rédigeaient leurs discours, relisaient et corrigeaient leurs interviews avant parution. Il n'y avait que les auteurs qui se croyaient obligés de mettre la main à la pâte. Ils se faisaient berner à cause de la religion de l'ermite mal chauffé dans sa tour d'ivoire…

« Depuis quand un écrivain devrait écrire ses livres ?

— Tu as raison, Patrick.

— Tu sais, je suis devenu un romancier trop important pour m'infliger un manuscrit de A à Z. Maintenant que je suis en plus collectionneur, je me vois davantage comme un directeur artistique que comme un forçat du stylo-plume… Ça ne m'intéresse plus de créer à partir de rien, c'est trop de boulot. J'aimerais bosser sur une matière préexistante. »

En sonnant à la porte de Rossi, Paul ne pensait pas qu'il aurait affaire à un homme aussi considérable. On lui cachait tout. Rossi lui a appris qu'il y avait chez Marcillac un académicien, chancelier de l'Institut, qui avait mis au point un système des plus ingénieux. Il était le roi de la biographie grand public, à ce détail près que ça le fatiguait de se pencher sur la vie des personnages du passé auxquels il consacrait des livres. Alors il touchait de copieuses avances de son éditeur, puis faisait écrire ses pavés très documentés par des doctorants en histoire rémunérés par l'Institut. Pratique, non?

«Cet académicien sait monnayer son nom - ce n'est pas rien, tu sais, Paul, de s'être fait un nom. Mais ne parlons pas de l'Académie française, ça remue des mauvais souvenirs.

— Ah bon?

— Il y a deux ans, un pauvre type s'est fait passer pour moi et a envoyé une lettre à chaque académicien en proposant ma candidature. Ç'a créé un tollé démentiel.

— Pas tant que ça, ne t'inquiète pas, personne ne s'en souvient.

— Les ratés ne vous rateront pas... Je ne sais plus qui a écrit ça, mais de mon côté je suis rancunier. J'aime les sports de combat. Plus jeune, j'ai fait du judo et du karaté. Je pratique encore la boxe à l'occasion. J'aime cogner, ça me détend. Si je rencontre un jour celui qui se cachait derrière ce canular, crois-moi, je lui casserai la gueule.

— Mais non...

— Oh si, compte sur moi : je lui referai le portrait. Il mangera de la soupe jusqu'à la fin de ses jours.

— Oublie-le, Patrick : un écrivain de ta trempe ne va pas s'abaisser à taper sur un raté.

— Toi, en revanche, tu vas taper mon nouveau livre. On s'y met?»

Rossi est allé se faire un troisième café, et il a pris sur la table une pochette contenant des notes et des brouillons.

« Tu connais bien la Seconde Guerre mondiale ? »

Marcillac avait accordé à Rossi un énorme contrat, à une condition : qu'il se confronte à la question du nazisme. Dans les dîners, l'éditeur prétendait s'intéresser à l'histoire des idées, mais pour lui tout était marketing. Il avait du métier, et il était malin. Pour changer de dimension, Rossi devait réussir à museler la presse spécialisée. Un livre évoquant les camps serait inattaquable par la critique – aucun journaliste n'avait envie de passer pour un salaud. Autre bon point : ce stratagème positionnerait Rossi sur un créneau plus sérieux, ce qui serait bon pour son image – et une image, c'était comme un nom, ce n'était pas rien non plus. Quant aux lecteurs, ils raffolaient des nazis.

Un autre truc tout bête fonctionnait bien auprès du public : les romans qui naviguaient entre deux époques. On racontait en parallèle une première histoire et une seconde qui se passait vingt, trente ou quarante ans avant. On brouillait habilement les pistes, et hop, à la fin les deux fils narratifs se rejoignaient dans une apothéose émotionnelle.

« Jusque-là, je te suis.

— Attends, je n'ai pas fini... »

Rossi avait eu l'idée d'une femme qui serait une icône du folk puis du rock dans le New York des années 1960 et 1970 – le rêve américain continuait de nous fasciner, nous autres Français naïfs. Rossi raconterait son combat, comment cette grande dame s'était affranchie des diktats de la société pour s'affirmer en tant que marraine du punk dans le monde machiste de la musique. Cet avatar de Patti Smith ferait le pont entre Bob Dylan et Lou Reed. Elle se chercherait, elle aurait une frange impeccable et un blouson de cuir bien coupé. Rossi foncerait à fond dans le sépia, en faisant fantasmer sur le demi-monde du New York interlope – mais de façon décorative, afin de ne pas effrayer les froussards.

« Quel rapport avec les nazis ?

— Tu n'as pas tout vu ! »

Rossi développerait aussi le destin tragique d'une famille polonaise déportée. Au bout du cauchemar tout le monde mourait, sauf une fillette de cinq ans. Dans le dernier chapitre on comprenait que la gamine, c'était elle, c'était la rockeuse – et le roman qu'on venait de lire, c'était celui de sa reconstruction d'Auschwitz à Greenwich Village.

Les drames n'avaient pas le dernier mot : nous avions tous droit à une seconde chance.

Plus c'était gros, plus ça passait. Marcillac en avait convaincu Rossi en lui disant que les best-sellers osaient tout, et que c'était même à ça qu'on les reconnaissait. Pas de fausse pudeur à avoir ! Ils étaient là pour écouler du papier.

Mon ami en restait bouche bée alors que Rossi, déjà survolté, retournait vers sa machine à café – ce qui n'était pas raisonnable.

« Et comment comptes-tu intituler ce roman ?

— *L'Énigme Edith Smith.*

— Au moins, toi, tu ne coupes pas les cheveux en quatre.

— Je vois déjà le lancement… On va attaquer fort direct, et ensuite il y aura l'effet boule de neige, on prendra de la pub partout, on mettra des piles de mon livre près des caisses dans les librairies, on forcera les lecteurs à m'acheter par tous les moyens. Ce sera la guérilla, et je compte sur ce barbouze de Marcillac pour s'autoriser tous les coups bas. Tu en penses quoi, de Marcillac ?

— Oh comme toi : je trouve que c'est un grand monsieur.

— Laisse-moi rire ! C'est un super pignouf. Il se croit classe avec ses costumes et ses cigares, mais pour moi c'est l'homme le plus vulgaire de Paris. Il est sans foi ni loi. Un bandit. Mieux vaut l'avoir avec soi que contre soi. Heureusement qu'on l'aura de notre côté pour vendre notre came ! »

Quel attelage… Le regard du poète de Grenoble se perdait sur cet appartement cumulant les fautes de goût – tout ce qu'il voulait fuir pour intégrer l'élite parisienne, ou l'idée qu'il s'en faisait. Il sentait des élancements dans sa jambe raide. Ce Rossi l'entraînait au-dessous du niveau de la mer, vers les bas-fonds de la pensée. Nous étions loin des conquérants de l'inutile qui avaient fait rêver le jeune Beuvron de Daniélou. Qu'en aurait pensé Lionel Terray ?

« Ne sois pas choqué par ce que je te dis… Je sais bien que je vais faire vivre tous les auteurs Marcillac qui me cracheront dessus dans le dos. Pour ma part, je vais y gagner en prestige. Chacun y trouve son intérêt.

— Comment veux-tu qu'on avance, très concrètement ? Tu m'envoies un premier jet et je repasse dessus ?

— Je croyais t'avoir expliqué ! On va faire l'inverse. Je suis l'architecte d'intérieur et toi le chef de chantier. Je te conseille de porter un casque. Tu vas te charger du gros œuvre : fondations, électricité, crépi… Puis j'enlèverai les échafaudages et j'embellirai le tout : figures de style, moulures, dorures, trumeaux…

— J'ai compris la métaphore.

— Pas trop de métaphores, au passage : ça surcharge. Je tiens à la finesse. On se reparle vite ? On s'échangera des idées en mode ping-pong. Je ne te mets pas à la porte, mais là je dois m'habiller pour aller déjeuner avec mon agent. »

9.

Comédie française (acte I)

Paul s'est enfermé six mois pour travailler comme un chien. Nous ne nous sommes quasiment pas vus pendant cette période où, revenant épuisé d'Argenteuil, il se transformait la nuit en peintre en bâtiment littéraire.

La gaieté n'était pas plus de mise à la rédaction d'*Avant-garde*. Les temps changeaient. Les ventes du journal, qui jusque-là s'effritaient, se sont mises à sombrer. Certains collaborateurs ont jugé opportun de quitter le radeau pour aller travailler dans diverses publications de Condé Nast ou à *L'Obs*, qui s'appelait encore *Le Nouvel Observateur*. Désormais quadras, Lusignan, Maillot et Archambaud préféraient rester maîtres chez eux, mais une mélancolie toujours plus profonde s'invitait à l'heure de l'apéritif. On s'esclaffait moins souvent au Falstaff; d'autres endroits avaient pris le relais, en comité réduit. J'aurais aimé être le d'Artagnan d'*Avant-garde*, sauf que les trois mousquetaires étaient émoussés. Maillot avait le fisc aux trousses. Après avoir si longtemps et si bien décrypté une société falsifiée à tous les étages, Archambaud était las de tirer à boulets rouges sur des ambulances qui n'en valaient pas la peine. Alors il peignait. Il voulait retrouver des couleurs chaudes dans un monde délavé. La musique avait fait son temps, répétait-il, il fallait revenir à la peinture figurative. Il n'y avait pas d'âge pour s'y mettre, disait-il encore, Gauguin lui-même avait été agent de change avant de devenir peintre à trente-quatre ans. Mon mentor s'était acheté dans une braderie un manteau d'amiral. Aux terrasses des cafés, à la tombée de la nuit, j'avais l'impression d'être sur le ponton d'un navire. À deux heures du matin, quand fermaient les bars du Carreau du Temple où nous éclusions alors, le grand Archambaud parlait les yeux dans le vague d'un projet de voyage aux îles Marquises…

Comment finirions-nous, tous autant que nous étions ?

Plus pragmatiques, Paul et Rossi ont rendu leur manuscrit dans les temps, avec même de l'avance. Les correcteurs et la maquettiste ont travaillé dare-dare, et les rotatives ont tourné dans le plus grand secret : un premier tirage de deux cent mille exemplaires de *L'Énigme Edith Smith* a ainsi vu le jour courant juillet, à l'imprimerie Floch à Mayenne.

Début août, Marcillac a invité son amie l'académicienne Natalie de Chimay à déjeuner à

La Méditerranée, le fameux restaurant de poissons sis place de l'Odéon. À cette période de l'année, Natalie était d'habitude en vacances au bord de l'Atlantique, à Biarritz. Elle avait choisi cette fois-ci de ne pas quitter Paris pour avancer sur son nouveau livre.

Un soleil de plomb dominait Paris et l'Odéon, à croire qu'allait fondre le théâtre du XVIIIe siècle. À moins de vouloir rôtir, il était impossible de s'attabler dehors : Marcillac et Natalie se sont rabattus sur un coin plus frais à l'intérieur, ambiance paquebot, bon temps, la croisière s'amuse... Les deux anciens tourtereaux avaient eu une liaison dans les années 1980; après leur séparation, ils étaient restés bons camarades, comme tous les gens raisonnables de ce milieu qui savent qu'ils se recroiseront jusqu'à leur mort. La Chimay publiait principalement chez Gallimard, mais il lui arrivait d'accepter des commandes bien payées ici et là, et elle avait sorti quelques bricoles chez son ex-amant. Issue de la meilleure noblesse belge, elle ne s'était jamais mariée, suivant en cela l'exemple de Mlle de Scudéry, restée célibataire jusqu'à sa mort à quatre-vingt-treize ans, preuve qu'au XVIIe siècle les femmes étaient plus émancipées qu'on le croit. Il fallait une chaleur écrasante pour que Natalie laisse dans sa penderie ses tailleurs Chanel : elle ne portait en cette belle journée d'été qu'un chemisier et un pantalon en lin, tenue qu'elle trouvait sommaire pour une dame de sa condition. Marcillac, quant à lui, avait le complet en seersucker que lui connaissaient ses amis du Polo et de Ramatuelle. Le mammouth marchait difficilement, avec une canne à pommeau, et il n'avait pas dormi deux soirs de suite afin de se composer le plus mauvais teint possible. Ce maître en intrigues préparait à l'évidence un coup.

Avec une galanterie excessive qui ne présageait rien de bon, Marcillac a aidé Natalie à s'asseoir. Il s'est assis à son tour, respirant difficilement, épuisé. Il a commandé une bouteille du vin blanc qu'aimait la Chimay (un pouilly-fumé Ladoucette) et a posé sur la table une large enveloppe – l'objet de cette rencontre.

« Comment vas-tu, ma chère ? Tu ne pars pas au Pays basque cette année ?

— J'écris une biographie de l'abbé de Rancé. C'est assez aride. Faire la fête à Biarritz n'était pas en concordance avec mon sujet.

— Tu as le temps de lire des nouveautés, à côté ?

— J'ai reçu tous les pensums de la rentrée, je n'en ai pas ouvert un seul.

— Il n'y aura qu'un roman à lire cette année, et ça tombe bien : je te l'ai apporté en avant-première.

— Pitié ! Et moi qui espérais revenir de ce déjeuner les mains vides !

— Rassure-toi : ce n'est pas un pensum, c'est une pépite. »

Marcillac a tendu l'enveloppe à Natalie comme on offre une pochette-surprise à un enfant. L'académicienne a vite déchanté.

« Eh bien, tu en fais une tête !

— J'imagine que tu te moques de moi ?

— C'est peut-être le sommet de ma carrière d'éditeur. J'en suis très fier. Tu vas te régaler.

— Depuis quand publies-tu Patrick Rossi ? C'est indigne de toi. Ce type qui a osé se présenter à l'Académie…

— Tu sais bien que ce n'était pas lui, mais un coup monté par quelqu'un de mal intentionné.

— Il n'empêche que ça l'a ridiculisé à vie. Rossi ne s'en remettra pas.

— Il va s'en remettre parfaitement au contraire, et tu vas contribuer à sa réhabilitation.

— Pardon ?

— Tu as toujours tes entrées au *Monde des livres* ?

— Merci de m'enterrer ! Oui, je travaille encore pour eux.

— Pourrais-tu en parler à ton amie Cécile Sterne ? Elle me déteste et ne me répond plus depuis dix ans. Or un bon papier d'elle lancerait le roman.

— N'y pense pas : Cécile est beaucoup trop intransigeante, et c'est une tête brûlée. Elle n'acceptera jamais de dire du bien de ton Rossi, même sous la torture.

— Et toi ?

— Oh, tu sais, je traite surtout les classiques du XVIe au XIXe, les rééditions d'auteurs grecs et latins, les actualités de la Pléiade… Rossi n'est pas mon rayon.

— *L'Énigme Edith Smith* est un livre pour toi, je t'assure. C'est un grand cru. Du Ladoucette en littérature.

— N'insiste pas : c'est non.

— Et le Grand Prix du roman de l'Académie française ? Je te sais très influente au sein du jury…

— De mieux en mieux ! Tu en as d'autres, des comme ça ? Une institution qui date de Richelieu ne peut pas s'abaisser à récompenser Rossi.

— Et pourquoi donc ?

— Rossi n'est qu'un petit rastaquouère !

— Tout de suite le mépris de classe… Atterris, Natalie ! L'Académie est hors-sol, coupée des réalités de la société.

— Depuis quand tu es du côté du peuple ? Toi ? Octave ? Laisse-moi rire !

— J'ai accompli un gros travail sur moi… J'ai même fait une retraite dans un monastère. Chez des cisterciens. Ça m'a changé. La France est très divisée aujourd'hui, les jeunes générations ne lisent plus. Si nous voulons refaire société, nous devons tendre la main. L'Académie donnant son Grand Prix du roman à Patrick Rossi, ce serait tout un symbole, un geste fort, une ouverture vers les vraies gens.

— Tu devrais te lancer en politique ! Je ne m'attendais pas à écouter un discours de campagne en venant déjeuner à La Méditerranée. Octave Marcillac en meeting, on aura tout vu… »

La Chimay dégustait sa sole meunière à petites bouchées. Elle ne s'en tirerait pas à si bon compte. Ayant un coup d'avance, en bon stratège qu'il était, l'éditeur a activé la seconde phase de son plan : il a laissé tomber sa canne, qu'il a ramassée en toussant.

«Je me suis fait la réflexion, en te voyant arriver tout à l'heure : depuis quand marches-tu avec une canne ?

— J'espérais que tu ne le remarquerais pas…

— Ça ne passe pas inaperçu !

— Je n'aime pas parler de pépins de santé, mais puisque tu m'amènes sur ce terrain-là… Eh bien, ce n'est pas la grande forme.

— C'est fâcheux. Mais encore ?

— On ne peut pas rire de tout : j'ai un cancer, Natalie. Je ne tiens plus debout. Tu verrais mes radios… La taille de ma tumeur ! Elle va me faire entrer dans le *Livre Guinness des records*. Et j'ai des métastases sur le foie, les poumons, les os, partout - je ne suis plus que métastases. Selon mon médecin, je suis condamné.

— Mais tu es malade !

— Eh bien oui, je le suis.

— Tu es malade de ne m'avoir rien dit ! Tu comptais attendre quand ? La dernière extrémité ?

— Les Marcillac se cachent pour mourir… Je ne suis pas l'exhibitionniste que l'on croit, un homme expansif et sans retenue. J'ai moi aussi mes jardins secrets. Il ne me reste plus que quelques mois à vivre. La chimio ne me sauvera pas. Je ne suis pas sûr de passer l'hiver.

— Y a-t-il quelque chose que je puisse faire pour toi ? »

La mort rendait Marcillac philosophe… Dans une tirade bien interprétée il a expliqué que finir à l'homme est chose naturelle – aussi affrontait-il cette épreuve avec stoïcisme. Il avait relu le petit essai sur Sénèque que sa chère amie Natalie avait publié au Seuil, et ça l'avait fait grandir. Malgré ce dépouillement auquel il s'acclimatait jour après jour, il aurait aimé quitter ce monde sur un ultime coup d'éclat. Pas pour lui naturellement, mais pour les éditions Marcillac. Après lui, la maison serait définitivement avalée par Hachette, elle n'aurait plus d'identité. C'est pour ça qu'il avait besoin de Natalie pour Rossi. Lui, Octave, ne serait plus là pour lire ses nécrologies. Aussi aurait-il aimé que *L'Énigme Edith Smith* lui permette de partir en beauté, avec une presse élogieuse et un prix d'automne.

« Tu peux compter sur moi, fais-moi confiance. Je vais en parler au plus vite à d'Ormesson, à Déon et à Dutourd, à Lusignan aussi, à tout le monde à l'Académie. Je serai ta femme-sandwich !

— Merci pour tout, ma bien-aimée. Tu sais, tu es sans doute la femme que j'ai le plus chérie sur cette planète. Nous étions bien ensemble, nous n'aurions pas dû nous séparer.

— Tu m'avais quittée de manière très inélégante, si je me souviens bien.

— Je ne suis plus le goujat que je fus. Pardonne-moi.

— N'en parlons plus. »

Marcillac a été pris d'une quinte de toux. Les simagrées de ce malade mental portaient leurs fruits : Natalie avait les larmes aux yeux. Après le café, il a fallu se dire au revoir. L'académicienne a longuement étreint le cancéreux sur le trottoir. Elle habitait juste à côté, rue Crébillon. Ne pouvant plus rentrer chez lui à pied, Marcillac a arrêté un taxi. Avant de monter dans la voiture, avec un port d'empereur à la Marc Aurèle, il a salué sa vieille maîtresse d'un geste de la main. Pourquoi donc n'était-il jamais monté sur les planches ? Il était excellent, en mourant.

10.

Comédie française (acte II)

Natalie de Chimay avait l'oreille du secrétaire perpétuel du Quai Conti. Tout le mois d'août, avec ses amis Jean d'Ormesson, Michel Déon, Jean Dutourd et le duc de Lusignan, elle a fait de la retape pour Rossi, et suscité chez ses confrères académiciens, critiques et écrivains un noble élan de compassion – une fois n'est pas coutume, le milieu littéraire devait montrer qu'il avait un cœur.

Le 16 septembre 2010, jour de la parution de *L'Énigme Edith Smith*, Patrick Rossi a fait la couverture du *Monde des livres*. L'article, signé Chimay, avait pour titre : « Il faut sauver le soldat Rossi. » Après son *mea culpa* en introduction, s'excusant d'avoir jugé à la hâte cet écrivain qui valait mieux que la caricature qui en circulait, elle en dressait un éloge vibrant. Rossi l'avait « épatée ». Il était surprenant de voir la plus grande spécialiste d'Homère défendre bec et ongles la « Fantine punk » de Rossi, appelée à entrer dans l'histoire de la littérature française au même titre que l'héroïne de Victor Hugo.

Une semaine plus tard, Rossi était l'invité d'honneur de la matinale de France Inter. Marcillac l'avait briefé : il devait maquiller avec soin son histoire familiale. Il était niçois, mais descendant d'immigrés italiens. Personne dans le microcosme médiatique n'irait vérifier qui étaient ses grands-parents, et encore moins ses arrière-grands-parents. Pourquoi ne s'inventerait-il pas des ancêtres et cousins issus de la communauté juive de Ferrare, dont certains auraient été déportés ? Les auteurs ne lésinaient pas sur les trucages biographiques pouvant les valoriser. Ce pedigree donnerait à son personnage public de la densité et de la poésie – et surtout les auditeurs se découvriraient pour lui une soudaine empathie.

Marcillac était un stupéfiant professeur de théâtre. Sur France Inter, de bon matin, Rossi a trempé de larmes son accent méditerranéen. Son ton était plus grave, les cigales étaient en deuil. Il n'était certes pas juif lui-même, mais il avait été sensibilisé très jeune à cette histoire tragique à cause de ses racines.

« *L'Énigme Edith Smith* est le livre que je portais en moi depuis tout petit », a assuré à l'antenne l'écrivain à gourmette alors que, derrière la paroi du studio, Apolline Ollonde le soutenait du regard, les deux pouces levés en signe d'encouragement.

Avec des trémolos dans la voix, un chroniqueur en vue s'est dit «scandalisé» que la critique se soit «aveuglée» jusque-là au sujet de Rossi, un «excellent écrivain» qui alliait «l'ampleur du roman-feuilleton à la française» et «le swing syncopé des meilleurs auteurs américains».

Marcillac et Ollonde ayant obtenu *Le Monde des livres* et la matinale de France Inter, ils ont ensuite regardé tomber les dominos : les critiques en place ont fait la claque.

Seul *Avant-garde* a mis un bémol à cet enthousiasme unanime. Sur une pleine page écrite au lance-flammes, Archambaud appelait les derniers esprits libres à rire avec lui de cette mauvaise plaisanterie. Sauf qu'*Avant-garde* n'était plus grand-chose dans le marigot médiatique. S'étant allié aux bons canaux, ceux qui comptaient, Marcillac était en train de réussir son hold-up. Ne restait plus qu'à enfoncer le clou.

En octobre, l'éditeur a accepté de nombreux déjeuners et dîners en annonçant une rémission – puis il annulait au dernier moment, faisant dire par sa secrétaire qu'il subissait une lourde rechute. Soi-disant trop affaibli pour quitter son lit, il ne venait plus au bureau et dirigeait sa maison par téléphone, avec des bruits de bouche pas possibles, comme s'il crachait du sang.

Dans tout Paris la rumeur courait, entretenue par le fait que personne n'avait accès à la chambre du dernier monstre sacré de la profession. Il y avait ceux qui étaient sincèrement tristes ou touchés, ceux qui pensaient par effet miroir à leur propre mort, et ceux, nombreux, qui derrière des masques de douleur se réjouissaient de porter un toast dès que le macchabée serait allongé dans son cercueil… Jusqu'à quand fallait-il remonter pour retrouver dans les cercles de pouvoir une émotion aussi vive, brûlante mais contrastée, double, hypocrite ? Peut-être à l'alarmante agonie du Grand Dauphin au château de Meudon en 1711, et j'exagère à peine…

En novembre, presque tous les académiciens ont voté pour Rossi en finale de leur Grand Prix du roman. Le lauréat s'est fait beau pour venir Quai Conti. Il a ressorti de leur boîte ses chaussures pointues et s'est mis un peu trop de gel dans les cheveux. Sa chemise parme, sa cravate violette et son costume de cérémonie froissé lui allaient comme un gant. Sur cette leçon d'élégance, une longue berline noire s'est approchée. Un véhicule des pompes funèbres ? Non, un simple taxi. En est sorti un Marcillac emmitouflé dans une épaisse pelisse à la Proust, soutenu d'un côté par Apolline Ollonde et de l'autre par Claudine La Haye. Ces deux infirmières de choc n'ont pas lâché une seconde le grabataire. Quelques voix ont murmuré dans l'assistance. Le mammouth était-il miraculé ? Il semblait au contraire plus flagada que jamais, nous avions droit à son dernier tour de piste

– plutôt que de commander des exemplaires supplémentaires de *L'Énigme Edith Smith*, il était temps de lancer l'impression des livrets de sa messe d'enterrement.

Marcillac avait des principes : il ne trouvait pas décent de quitter son rôle juste après son triomphe. Il est donc resté aux abonnés absents tout le mois de décembre. Personne ne pouvait le joindre. Juste avant Noël, ayant jugé que cette farce avait assez duré et décidé à partir skier pour de vrai et sans se cacher pendant ses congés de fin d'année, il a pris un appel :

« Allô ?

— C'est Natalie, mon Octave. Je venais m'enquérir de ta santé, tu me fais de la peine. Tu te sens bien ?

— Je me porte comme un charme.

— Tu affrontes la maladie avec un tel courage… Tout le monde admire ta combativité. Même Cécile Sterne m'a demandé de tes nouvelles l'autre jour, en me disant que Paris ne serait plus Paris une fois que tu ne serais plus là. Comment se sont passés tes derniers examens ?

— De quels examens parles-tu ?

— De ton cancer, quelle question !

— Mais enfin, Natalie, c'était du cinéma ! »

11.

La mort dans l'âme

J'avoue avoir un peu brodé au cours des deux chapitres précédents – je n'étais pas sous la table quand Marcillac et Natalie de Chimay avaient déjeuné à La Méditerranée. Mais je me souviens comme tout le monde de cet épisode du Grand Prix de l'Académie française, et j'imagine que quiconque lira ces lignes avait trouvé *L'Énigme Edith Smith* au pied du sapin en décembre 2010. Avec cinq cent mille exemplaires écoulés, c'était le cadeau de Noël auquel on n'échappait pas cette année-là. Tous les Français avaient eu droit à leur part de Rossi dans leurs petits souliers.

Grâce au pourcentage qu'il touchait sur les ventes du livre, Paul a gagné pas mal d'argent. Il a quitté son poste de prof de français à Argenteuil, s'est mis en disponibilité de l'Éducation nationale et a déménagé cité de Varenne dans l'appartement qu'il louait encore le jour de sa mort.

Un nouveau chapitre s'ouvrait pour lui : il a obtenu de meilleurs contrats pour écrire les deux prochains romans de Rossi. Le patron lui ayant appris qu'il ne fallait pas rejouer le tiercé de la veille, il a mis de côté la Seconde Guerre mondiale pour se renouveler – tout en choisissant des titres typiques de Rossi, afin de ne pas perdre les lecteurs. En 2012, les éditions Marcillac ont ainsi publié *Le Mystère de la chambre treize*, un polar parisien qui se déroulait en partie au Plaza Athénée. Du suspense, un palace renommé à l'international, il n'en fallait pas plus pour cartonner côté traductions. En cédant les droits, Claudine La Haye a découvert encore de nouvelles contrées, de nouveaux dialectes – si ça continuait, Rossi serait bientôt traduit dans les langues inuites.

En 2014, et parce qu'on ne change pas une équipe qui gagne, il y a eu *La Vérité sur l'affaire Pamela Windsor*, l'histoire rocambolesque d'une actrice ratée qui essayait de percer à Hollywood en se faisant passer pour une enfant cachée de la famille royale anglaise. La police retrouvait un matin sa dépouille dans la piscine d'un producteur sur Sunset Boulevard. Quel sac de nœuds ! Les lecteurs de Rossi en ont encore la chair de poule.

Toujours aussi consciencieux, Paul faisait quasiment tout, gros œuvre et retouches, laissant Rossi perfectionner sa maîtrise du vélo d'appartement – ce dernier avait désormais des mollets en acier.

Plus Rossi s'épanouissait, plus Paul s'anémiait. Des cernes se sont creusés peu à peu autour de ses yeux tristes, et ses cheveux ont blanchi au niveau des tempes. Je ne sais plus au juste quand il a commencé à prendre des amphétamines, puis de la cocaïne en quantité de plus en plus grande. Il dormait dans la journée pour récupérer. Car une frénésie diabolique le tenait hors du lit la nuit : c'est à ce moment-là qu'il tapait à la chaîne les succès de Rossi et d'autres travaux d'écriture qu'il acceptait, dédoublé, pâle et comme absent à lui-même, en somnambule schizophrénique. Quand je lui disais de faire attention, mon ami se défendait en me répondant que, bien avant lui, les plus grands écrivains s'étaient vendus aux plus offrant, tel Faulkner avec ses piges de scénariste. Je ne devais pas m'arrêter à l'arbre qui cachait la forêt : il avançait en parallèle sur son « deuxième monument ». Du moins était-ce ce qu'il prétendait. Au bord de son bureau se trouvait une pochette saumon sur laquelle il avait écrit à la main ce titre provisoire : *Work in Progress*. On ne pouvait pas dire qu'elle grossissait à vue d'œil.

La Vérité sur l'affaire Pamela Windsor ne fut pas le seul événement marquant de 2014. Cette année-là, j'ai fait le deuil de ma jeunesse. Je me suis marié à Saint-Germain-des-Prés, avec comme témoins Paul et Archambaud. Les peintures d'Hippolyte Flandrin n'avaient pas encore été restaurées. Les murs noircis donnaient à l'église quelque chose de lugubre, il y faisait très sombre, de la nef jusqu'au chœur. Avec cette impression que j'ai toujours eue d'être un figurant dans ma propre vie, je me demandais si les invités derrière moi se rendaient compte de ma présence, homme invisible affublé d'une jaquette.

La réception a eu lieu au Jockey, rue Rabelais. Cette journée m'avait tellement stressé que je ne tenais plus debout, même dopé au Veuve Clicquot. Vers une heure du matin, j'ai discuté un long moment avec Archambaud. Au bar on se sentait d'ordinaire comme dans un club londonien. Ce soir-là, on aurait plutôt dit un troquet malfamé de Lorient, à l'époque de la Compagnie des Indes. Archambaud ressemblait plus que jamais à un vieux loup de mer. Sa flamboyante chevelure blanche ressortait de la pénombre. Il ne croyait plus à la presse, me parlait d'un départ prochain, de son envie de larguer les amarres. Vers où naviguerait-il ? Pondichéry ou Chandernagor ? Avait-il besoin de marins ? J'étais trop âgé pour lui servir de mousse. Je lui ai demandé de m'attendre une seconde, le temps que j'aille reprendre un verre. Quand je suis revenu, il n'était plus là – il avait filé à l'anglaise, ce qu'il aimait bien faire.

Peu de temps après, le capitaine désabusé a claqué la porte d'*Avant-garde*. La peinture était devenue une passion dévorante, et ça commençait à bien marcher pour lui. Il avait dessiné deux pochettes d'albums, la couverture d'un livre, l'affiche d'un film. Une galerie parisienne ayant pignon sur rue lui proposait d'exposer ses portraits. Surtout il avait rencontré une femme, corse de surcroît. Elle le tenait d'une main de fer. Ayant hérité la maison de famille entre Calvi et l'Île-Rousse, elle voulait renouer avec son passé, passer du temps au grand air. Ils n'avaient pas d'enfants, ni elle ni lui, ce qui simplifiait les choses. Archambaud s'est mis à séjourner une semaine par mois en Corse, puis deux, puis trois, puis il a décidé de s'y installer et de se consacrer à ses croquis, ses huiles et ses aquarelles. Les paysages ne manquaient pas, là-bas. Il aurait le temps de méditer. Les jours où la plage le lasserait, il pourrait s'enfoncer dans l'arrière-pays, se perdre dans les forêts du Monte Cinto. Il serait le Gauguin de la Balagne…

La démission d'Archambaud a marqué la fin de notre petit cénacle. Nous étions arrivés à l'expiration du bail, et Lusignan n'avait plus les moyens de payer le loyer des bureaux de la Bastille, revu à la hausse. Il a demandé l'asile à droite et à gauche. Un de ses amis de jeunesse, qui avait réussi dans les affaires, a proposé de nous héberger à l'hôtel de Bourrienne, dans le Xe arrondissement : il devait faire d'importants travaux de rénovation pour y installer ses sociétés, avant que le chantier ne débute nous pouvions y squatter.

On ne s'attendait pas à tomber sur un tel endroit près du boulevard de Magenta. L'hôtel de Bourrienne avait été la propriété de Fortunée Hamelin, cette fille lancée qui, vers 1795, fut une influenceuse bien avant l'heure. Sa maison était restée dans son jus, le plus pur style Directoire – décors pompéiens ou d'inspiration étrusque, colonnades, stucs et boiseries peintes, néoclassicisme en carton-pâte, féerie factice de la parenthèse post-thermidorienne. L'état de délabrement avancé de ce décor de théâtre ajoutait à son charme. *Avant-garde* n'était décidément pas un magazine comme les autres : bien que dans la panade, nous tenions nos conférences de rédaction dans un palais de poche hanté jadis par Joséphine de Beauharnais et ses amies. Comme souvent sans domicile fixe, Maillot a posé ses affaires au premier étage, transformant en chambre provisoire un petit salon aux murs humides et à la peinture écaillée. Atteint du syndrome de Diogène, ce clodo supérieur empilait des archives, les bouquins auxquels il tenait et les vêtements très grande taille qu'il ne lavait plus. Il était en roue libre, au rosé dès son réveil à dix heures du matin, hâbleur pour masquer sa dépression, inventant encore des concepts fous, mais y croyant moins qu'au bon vieux temps des années 1990. Il lançait des idées, des croisades, il riait très fort, parvenait malgré la crise à vous galvaniser – et le soir venu le Gargantua du journalisme branché s'effondrait sur son matelas, bercé par les fuites d'eau. J'avais déjà vingt-neuf ans, j'étais toujours payé au lance-pierre ; jeune marié, je ne comprenais rien à l'existence que j'avais menée jusque-là, ne savais pas plus de quoi mon avenir serait fait. Si Faucheuse m'avait vu, il s'en serait frotté les mains. Ne m'avait-il pas prévenu que je galérerais ? J'essayais de ne pas m'inquiéter plus que de raison. Aux beaux jours, nous organisions des barbecues dans le jardin de l'hôtel de Bourrienne. Certes, les saucisses aux herbes manquaient de raffinement et les filles ne portaient plus les robes de gaze si tendance sous le Directoire. Mais le ciel mauve faisait ressortir la magie des lieux. Les premiers verres anesthésiaient mon angoisse et me réchauffaient le cœur. Je prenais de la distance. J'étais heureux d'avoir connu Archambaud et Maillot, deux génies comme je n'en croiserais plus dans notre profession sinistrée. Puis je rentrais dans ma base arrière du XVIe arrondissement, d'où je suivais les déboires de Paul.

Pour clore l'année en beauté, Marcillac est tombé gravement malade. Fin septembre, on lui a diagnostiqué un cancer du pancréas. Depuis sa parution mi-août, *La Vérité sur l'affaire Pamela Windsor* ne quittait pas la première place des meilleures ventes. La nouvelle de la mort prochaine de Marcillac a fait le tour du milieu. Les gens l'ont raillé : après le coup fumant de *L'Énigme Edith Smith*, que visait-il cette fois-ci pour Rossi ? Le prix Goncourt sur un plateau ? Nul ne se ferait berner une seconde fois par un chantage au cancer…

Marcillac a succombé en novembre, la veille de l'attribution du Goncourt. Rossi n'était pas en lice et n'a pas reçu le prix, mais les ennemis de l'éditeur n'ont eu d'autre choix que de consacrer de pompeuses nécrologies au mammouth. Il paraît qu'il avait gardé sa vista jusque dans les derniers sacrements, qu'Apolline Ollonde avait racontés à Lusignan. Amateur de mystifications en tout genre, Marcillac n'avait pas ouvert la paume comme tout simple chrétien recevant du prêtre le saint chrême avant d'expirer. S'amusant de la situation, il avait repris sur son lit de mort le célèbre mot que Talleyrand avait eu en 1838, lors de l'extrême-onction, tendant au père Dupanloup sa main fermée, tournée vers l'extérieur :

« N'oubliez pas, monsieur l'abbé, que je suis évêque. »

Les funérailles de monseigneur Marcillac se sont tenues à Saint-Sulpice, à moins de cent mètres de sa maison d'édition de la rue Garancière. Paul m'ayant promis une excellente pièce de boulevard, je l'ai retrouvé au Café de la Mairie, où nous avons partagé un chocolat chaud. Puis nous nous sommes rendus à la messe avec l'eau à la bouche.

Tout Paris s'était déplacé : éditeurs et écrivains, pique-assiettes et traîne-savates, amis et adversaires, pestes et choléras, mines décomposées et visages refaits, éditorialistes bien en cour et pigistes très à découvert, ministres, anciens ministres et personnalités oubliées du monde politique dont on se demandait de quoi elles vivaient – venaient-elles dans l'espoir de croiser quelqu'un qui saurait leur trouver quelque planque dorée ?

Natalie de Chimay était effondrée, chancelante, on aurait dit que la Coupole lui était tombée sur la tête. Bras dessus bras dessous, les inséparables rivales Apolline Ollonde et Claudine La Haye faisaient office de pleureuses. Il ne leur manquait que des mantilles. Patrick Rossi y allait de ses larmes de crocodile. Dans cette foule plus ou moins endeuillée, plus ou moins endimanchée, on notait aussi la présence d'actrices et d'acteurs célèbres, tous cachés derrière des lunettes noires alors que le soleil tapait moins fort à l'intérieur de Saint-Sulpice qu'en terrasse à Saint-Tropez.

On a vite vu qu'il n'y aurait pas assez de chaises pour asseoir tout ce beau monde. Paul et moi avons cédé les nôtres à un hippopotame fessu qui avait besoin d'au moins deux places. Enivrés par l'envie de se montrer, certains se battaient littéralement pour accéder aux premiers rangs. Ce concours de pantomimes boursouflées faisait fi du protocole. Les manières se perdaient, les pulsions les plus basses donnaient libre cours à leur fantaisie – j'ai vu un député bousculer une académicienne qui ne tenait plus debout.

Au début de la cérémonie, lorsque le prêtre a annoncé des témoignages, j'ai eu la surprise de voir s'approcher de l'autel l'inénarrable Bayeux équipé de ses plus belles lunettes bleutées. On a appris dans les chapitres précédents comment Marcillac se moquait de lui en privé. Mais Bayeux avait insisté pour parler – toute occasion est bonne pour se faire mousser. Bayeux s'est avancé avec un air grave sous ses cheveux teints, rentrant son ventre dans son costume cintré. La mort dans l'âme, il a fait une génuflexion pour le moins outrée ainsi qu'un signe de croix. Était-ce à cause d'un récent voyage au soleil ? Des rayons ultraviolets ? Des tartines de fond de teint dont il abusait ? Le vieux beau était plus rouge que jamais, on aurait dit le court central de Roland-Garros. Il a toussoté, déplié un papier et lu de sa voix de fausset l'oraison funèbre qu'il avait écrite pour « cet éditeur de la race des seigneurs, le dernier des géants ». Tout le monde n'est pas Bossuet… Dans un salmigondis plein de finasseries, il a salué l'intransigeance, la probité et le désintéressement du mammouth de la rue Garancière. Après le speech de ce paon, le prêtre a insisté sur la foi profonde de notre frère Octave, qui était mort en croyant et aurait sa place au Ciel. Une belle pièce d'orgue a clos la cérémonie.

Le cadavre de Marcillac n'avait pas refroidi que la guerre de succession était déjà ouverte. Les éditeurs qui s'étaient donné de vibrantes accolades sur le parvis de Saint-Sulpice n'hésiteraient pas à les compléter par des coups de couteau dans le dos. C'était le branle-bas de combat au sein du groupe Hachette. Un temps pressenti, Pierre Bournel a rétropédalé quand il a compris que l'un de ses rivaux avait sous le coude une dizaine de femmes prêtes à porter plainte contre lui. Sauf que ce rival avait lui aussi des dossiers gênants. À ce jeu-là, des prétendants se sont éliminés les uns les autres avec la même application que des Jacobins. Emma Roche, trentenaire aux dents longues, n'a même pas eu à intriguer : il ne lui restait qu'à se baisser pour décrocher la timbale. Hachette a annoncé son arrivée par un communiqué aussi lisse que possible :

« L'économie du livre est en pleine mutation. Dans un secteur plus concurrentiel que jamais, et face aux nombreux défis qui sont les nôtres, de nouveaux modèles sont à inventer. Près de deux cents ans après sa création, Marcillac est à un tournant de son histoire. Sans rien renier de son identité, la maison fait le pari audacieux d'innover – osons oser ! En ce sens, le groupe Hachette est heureux et fier d'annoncer la nomination d'Emma Roche, trente-sept ans, à la présidence des éditions Marcillac. »

Changement d'époque et de décor. C'en était fini du monde d'avant. Les lendemains chanteraient. Nous allions voir ce que nous allions voir.

12.

Un grand requin blanc

Sur Marcillac tout le monde était d'accord : nous serions contents quand elle serait morte, cette vieille canaille. Du moins le pensions-nous. Car, maintenant qu'il n'était plus là, nous regrettions ce moliéresque Machiavel. Malgré ses mille défauts et ses tours pendables, ou plutôt grâce à eux, il incarnait quelque chose de l'ordre ancien. Tel un Médicis, il régnait sur le réseau d'affidés à sa botte. Certes, ses manœuvres florentines n'avaient pas pour but de servir la gloire de la littérature, il avait été de plus en plus soumis à des logiques mercantiles, mais c'est inévitable quand l'art se mêle à l'industrie, puis que l'industrie prend le dessus sur l'art ; et malgré tout cet éditeur madré trouvait des astuces pour imposer de temps en temps un vrai bon livre.

Le prince de Saint-Germain-des-Prés a été inhumé dans l'intimité au caveau de famille, à Deauville.

Sa lignée s'éteignant avec lui, le groupe Hachette n'a pas été long à faire le ménage : l'hôtel particulier de la rue Garancière a été vendu, le portrait de Martin Marcillac peint par Ingres a pris la direction du Louvre, les manuscrits et les archives de la maison ont été cédés à l'IMEC (l'Institut mémoires de l'édition contemporaine).

Que dire de la nouvelle patronne, Emma Roche ? Elle était l'enfant unique d'un major de l'ENA (la promotion Thomas More, celle de 1971), un conseiller d'État appelé à une brillante carrière dans la fonction publique qui s'en était mis plein les fouilles en pantouflant dans le privé. Introduit dans les milieux politiques et intellectuels, il avait voulu donner le meilleur à sa fille : il l'avait scolarisée au lycée Henri-IV, où elle était restée jusqu'à la khâgne. Faisant en parallèle une école de commerce et une maîtrise de lettres, l'étudiante avait commencé par une expérience dans le conseil avant de se tourner vers l'édition, moins rémunératrice – ce dont elle n'avait cure, connaissant le compte en banque de son père. Elle avait gravi tous les échelons à la vitesse de l'éclair.

Levée avant sept heures, Emma Roche avalait un petit déjeuner vitaminé composé par son diététicien. Puis elle allait nager avant de se rendre au bureau – cette routine sportive aurait plu à Rossi. On sculpte de plus en plus son corps au lieu de renforcer son cerveau. Où sont les culturistes de l'esprit ? Les décathloniens de la pensée ? On ne les voyait en tout cas pas dans les couloirs du Marcillac nouvelle génération. Étant passée par un cabinet de conseil plutôt que par le carmel, Emma Roche n'avait pas le monopole du cœur. À peine nommée à la tête de Marcillac, elle a marqué son territoire en mettant à la porte plusieurs collaborateurs du prince Octave. Avec cette équipe réduite et sous-payée (mais surmotivée), les bureaux ont été transférés dans un immeuble moderne du VIe arrondissement – au moins les salariés évitaient-ils une délocalisation aux marges de Paris. Paul a suivi ça de loin. Il a attendu que son téléphone sonne. Il n'a pas sonné. Il a donc appelé, mais l'éditrice n'a pas répondu aux deux messages qu'il lui a laissés. Alors, au printemps 2015, mon ami a eu cette idée saugrenue : et s'il enfilait un bonnet de bain ?

C'est à la piscine Saint-Germain, sous le marché du même nom, entre la rue de Seine et la rue Mabillon, qu'Emma Roche se rendait quotidiennement pour garder la ligne. À huit heures, ce matin-là, il n'y avait quasiment personne, on n'était pas perdu dans la foule comme à la Foire du livre de Brive. Paul se sentait ridicule, nu au bord du grand bain. Ici, au moins, Emma Roche ne pourrait pas le snober…

Paul a aperçu sous l'eau la silhouette massive d'un grand requin blanc. Le poisson prédateur a sorti la tête, puis les épaules et un buste maintenu dans un maillot noir – vision assez peu botticellienne.

Grande et blonde, robuste et rigide, avec des épaules d'athlète est-allemande, Emma Roche aurait pu jouer la méchante dans un film d'espionnage. Selon sa réputation, elle dirigeait ses esclaves à la schlague. On la surnommait « Cléopâtre » ou « Catherine II ».

Paul, qui avait bu la moitié d'une flasque de whisky avant de franchir les portes de la piscine, s'est avancé vers elle.

« Quel heureux hasard ! Enfin nous nous rencontrons !

— Pardon ?

— Je suis Paul Beuvron. Je viens nager de temps en temps. Je ne pensais jamais vous croiser ici… Enchanté ! »

Cléopâtre lui a serré la main avec vigueur, comme si elle attrapait la poignée avant une épreuve de lancer du marteau. Elle sentait le chlore et se tenait bien droite, sur ses gardes. Cette dame de fer pratiquait-elle aussi le krav-maga ? Sa voix très grave suffisait à faire peur.

« Je vous prie de m'excuser de ne pas vous avoir proposé de rendez-vous plus tôt : j'ai été noyée depuis ma prise de fonction… Mais c'était capital pour moi de vous recevoir le plus vite possible. Je comptais vous appeler aujourd'hui même pour vous parler de vous-savez-qui. »

Vous-savez-qui ? Celui dont on ne pouvait pas dire le nom : Patrick Rossi. Emma Roche a relevé ses lunettes de natation et attrapé son peignoir, dans lequel elle s'est enveloppée.

« Alors, Paul ? Vous travaillez sur le prochain livre de vous-savez-qui ? Les idées fusent ?

— Oh, après son dernier roman nous avons décidé, l'auteur et moi, de faire une pause, le temps de laisser mûrir un peu le sujet…

— Ce n'est *absolument pas* le moment de faire une pause. Vous pouvez vous mettre à écrire avant d'avoir réfléchi. Il me faudra impérativement dans mon programme 2016 un texte de vous-savez-qui !

— Ça devrait le faire, ne vous inquiétez pas… Parlons de vous, plutôt : comment ça se passe depuis que vous avez pris la tête de la maison ?

— J'ai eu l'impression d'arriver dans un château où rien n'aurait bougé depuis 1900. Il était urgent de révolutionner le mode de management.

— C'est pour ça que Claudine et Apolline sont parties ?

— Elles ne sont pas parties d'elles-mêmes : je les ai virées. Je ne voulais pas de ces harpies dans mes pattes.

— Qu'on aime ou pas Apolline, elle avait un cerveau, un bagout et un carnet d'adresses irremplaçables…

— Cette vieille bique était périmée. Elle n'avait plus sa place dans le Marcillac que je vais construire. »

Tout grand requin blanc a la dent dure. En s'épongeant énergiquement le visage, Emma Roche se vantait d'avoir « dégagé tous les gens inutiles » et commencé à apurer les comptes. Elle avait arrêté la revue littéraire historique des éditions Marcillac, opté pour un papier moins cher, décidé qu'il n'y aurait plus qu'un correcteur au lieu de deux, cherché partout où faire des économies… Et puis elle avait trouvé des cadavres incroyables : des contrats à six chiffres pour des célébrités dont plus personne ne se souvenait, des avances délirantes à des « blaireaux » qu'on ne lisait plus…

« Des blaireaux comme qui, Emma ?

— Vous voyez qui est Bayeux ?

— Comment oublier Bayeux ? Il avait parlé avec une telle éloquence aux obsèques d'Octave…

— C'était au-delà du lamentable. Eh bien, figurez-vous que Bayeux touche cent mille euros par livre. Dans quel monde vit-on ? Cent mille euros pour ce pénible play-boy fardé ? Non mais allô, quoi ! »

Paul était presque rassuré. Il lui semblait qu'en troquant les vieilles badernes contre des femmes puissantes on lâchait la proie pour l'ombre. Il avait péché par naïveté, car on sait bien qu'il faut que tout change pour que rien ne change. Emma Roche était aussi mordante que Marcillac. La mode végétarienne n'avait pas cloué le bec à tous les carnivores.

Paul sentait bien qu'il embêtait Emma Roche, qu'elle voulait y aller. Le whisky qu'il avait bu le rendait bavard et hardi.

« Quelle sera votre politique éditoriale quant au fonds Marcillac ? Ce serait intéressant de faire découvrir à un nouveau public Blanzac, Combreux, Guyon, Liancourt… On publierait de belles rééditions avec des appareils critiques, on les remettrait en perspective… Qu'en pensez-vous ?

— Ce n'est clairement pas ma priorité. »

On était au printemps et Emma Roche n'avait aucune cartouche pour la fin de l'année, pas le moindre best-seller potentiel, or on sait que le dernier trimestre est porteur pour les éditeurs, avec Noël en ligne de mire. Il fallait qu'elle trouve d'urgence deux ou trois « blockbusters littéraires », de l'artillerie lourde pour « bombarder les librairies d'ici décembre » et « bousiller la concurrence en mode bulldozer ». Mais c'était devenu si difficile, selon elle, les livres ayant de moins en moins le temps de s'installer…

Pompette, Paul lui a rétorqué que c'était une idée reçue. Dans la préface de la deuxième partie des *Illusions perdues*, Balzac écrivait que « par le temps actuel, un livre n'a pas six semaines à vivre » – des propos qui dataient de 1839 !

« Balzac ou pas, il n'empêche que les gens ont de moins en moins le temps de lire.

— Vraiment ?

— Les écrans ont remplacé l'écrit. »

Un autre lieu commun… En khâgne à Daniélou, nous avions été fascinés, Paul et moi, par une phrase de Diderot dans son *Éloge de Richardson*, ce texte sur le romancier anglais qu'il vénérait : « Chez un peuple entraîné par mille distractions, où le jour n'a pas assez de ses vingt-quatre heures pour les amusements dont il s'est accoutumé de les remplir, les livres de Richardson doivent paraître longs. » On était en 1761 !

«Il n'y avait pas alors autant de divertissements…

— Je suis sûr que, dès les années 1450, Gutenberg jugeait qu'on imprimait trop de livres.

— Le marché se rétracte et les leviers de croissance ne sont pas infinis… Avec en plus l'éclatement de la prescription, les libraires qui rament et la presse qui n'existe plus que pour trois ou quatre grand-mères… À l'heure actuelle, nous devons produire moins mais produire mieux. En étant omniprésents sur les derniers secteurs qui fonctionnent. Et en dénichant les nouveaux talents qu'on pourra pousser au firmament des ventes.

— Oh, ce n'est pas nouveau, Martin Marcillac voulait déjà faire du commerce en 1835, les éditeurs n'ont jamais été des enfants de chœur…»

Paul aurait dû agacer Emma Roche, mais c'était une femme intelligente : elle a compris que ce zozo en slip de bain pourrait lui servir. Dans le monde des lettres, elle était perçue comme hautaine. Derrière son allure guerrière, elle souffrait de cette malveillance. Les mauvaises langues disaient de la fille à papa qu'elle savait compter à défaut de savoir lire, sauf qu'elles disaient déjà cela d'Octave Marcillac – au fond, dans ce milieu, c'est ce qu'on disait des rares patrons capables de tenir une boîte. Ce qui n'était pas si simple : de nos jours il fallait se montrer créatif pour ne pas être déficitaire ! Et ce Paul était susceptible de l'aider sur certains titres qu'elle avait en tête. Voyait-il qui était Marilyn, la militante aux cheveux bouclés peroxydés?

« Ça ne me dit rien… Elle ressemble à quoi?

— C'est un petit boudin, plutôt mignonne dans le genre. Là n'est pas la question. J'ai un problème avec elle : elle est à la fois très charismatique et incapable d'écrire une ligne compréhensible. Or il me semble qu'elle doit publier pour asseoir sa crédibilité. Ça bouge en ce moment dans le néo-féminisme, et il ne manque à Marilyn qu'un livre coup de poing pour prendre la tête du peloton. Je lui ai signé un beau contrat pour un essai : *Une maison à nous.*

— C'est un clin d'œil à Virginia Woolf?

— Je me dis que vous pourriez donner un coup de pouce à Marilyn… Écrire *Une maison à nous* ne vous prendrait pas plus de deux mois. Il n'est pas question de refaire *Le Deuxième Sexe :* les lecteurs n'ont plus la concentration nécessaire. Il s'agirait d'adopter un ton pamphlétaire cool, d'y mettre le punch et la langue rudimentaire de Marilyn, et de pondre un uppercut de cent cinquante pages grand maximum. Sans faire de vagues, toutefois… Le défi est de secouer les brushings sans défriser les annonceurs des magazines féminins, qui seront importantissimes pour le lancement du livre. »

L'éditrice a regardé l'heure sur sa montre étanche.

« Si ça se passait bien avec Marilyn, je vous mettrais volontiers sur des docs, des bios poil à gratter, d'autres projets… Je vais bientôt lancer une collection axée sur le développement personnel. Le prochain gourou qui vend, il sera où ? Il sera chez moi. Et vous pourriez écrire ses dix commandements bien-être.

— C'est comme si c'était fait.

— Le hasard nous a souri ! J'ai été ravie de vous rencontrer. Je sens que nous allons merveilleusement nous entendre. Nous allons réussir de grandes choses ensemble.

— J'en suis convaincu.

— Bon, je vous tiens au courant pour Marilyn. Et on s'appelle dès que vous avez du biscuit pour le prochain vous-savez-qui ? Sinon mon assistante nous calera un déjeuner avant l'été. Je vous laisse : j'ai rendez-vous au Bonaparte vers neuf heures, et le temps de prendre une douche je vais être en retard… »

Le grand requin blanc lui a serré la main et a filé vers les vestiaires, laissant Paul un peu désarçonné. Cette discussion était un événement pour mon ami, et Emma Roche s'était débarrassée de lui comme d'un maître nageur un peu trop collant. Il ne savait que penser de ces couloirs de nage qui s'ouvraient devant lui. Dans les eaux froides de Saint-Germain-des-Prés, où tout n'était qu'entourloupes, artifices et double jeu, il fallait avoir les nerfs solides pour ne pas sombrer. Paul n'était-il qu'un exécutant interchangeable ? Il n'avait d'autre choix que d'accepter ce qu'on lui proposait – et, après tout, les conditions de travail se durcissaient dans tous les secteurs d'activité. Marilyn, donc, pourquoi pas.

Il ne se doutait pas qu'il vivrait avec elle une aventure importante dans l'histoire de son naufrage.

13.

Dans de beaux draps

En vérité, Marilyn s'appelait Martine. Elle était issue d'une famille de petits paysans vendéens. À la faculté de La Roche-sur-Yon, elle avait décidé de rompre avec ses racines et d'en finir avec Martine. Puis, teinte en blond platine, elle était venue s'installer à Paris où elle s'était fait connaître sous ce pseudonyme de Marilyn – quelques happenings lui avaient ouvert les portes des médias, avec lesquels elle avait su jouer assez finement pour se rendre indispensable, même si elle y était souvent caricaturée en passionaria, ce qu'elle n'était pas. En privé, fielleuse, Emma Roche l'appelait au choix « la Gourde » ou « la Fermière », ce qui rendait Paul malade – une colère froide qu'il gardait pour lui. Tout le monde n'a pas le privilège de passer par Henri-IV. Dans le nuancier infini du bon goût parisien, mon ami avait su adopter une couleur plus délicate que Marilyn, qui sentait encore sa province. Il voyait cependant en elle une forme de dandysme proche du sien, dans cette tentative d'invention de soi – et en cela il la trouvait attachante.

L'ayant prise en affection, et amusé de devoir ciseler une pensée qui n'était pas du tout la sienne, Paul a soigné au mieux l'écriture d'*Une maison à nous*, cette espèce d'essai composé de textes conceptuels, de poèmes, de haïkus. En transformiste, il a su retranscrire la sensibilité de Marilyn, et cette dernière a surinterprété cette justesse de ton : elle a vu la naissance de sentiments là où il s'agissait pour lui d'un travail déjà terminé.

L'amitié, notamment la nôtre, avait déçu Paul. Mais il croyait encore en l'amour. Ne le trouvant pas, il en avait une vision lyrique. Il enviait ma situation conjugale, me disait que le mariage devait m'apporter la paix, ignorant qu'il ne va pas sans crises, doute et mélancolie.

Son côté fleur bleue a été fatal à Paul. Chamboulée par la promotion réussie de son livre, les trente mille exemplaires vendus, Marilyn ne savait comment remercier un homme si gentil qui lui avait apporté une considération dont elle avait toujours manqué. Ils ont passé de plus en plus de temps tous les deux. Une nuit, Paul a fini par atterrir chez elle, rue Germain-Pilon, à Pigalle. On a beau se moquer des clichés, nous nous en nourrissons, et nous les recherchons. Paris, ville de leurs rêves… Marilyn s'était installé une jolie bonbonnière à deux pas du Moulin-Rouge. Un studio avec des poutres apparentes et des bougies parfumées. Il y avait au mur une reproduction de Toulouse-Lautrec, et dans un coin une commode et des objets Belle Époque qu'elle avait chinés. Dans la bibliothèque, Paul a trouvé les livres auxquels il s'attendait, genre Valerie Solanas et Sylvia Plath, mais aussi *Blonde* de Joyce Carol Oates, visiblement lu et relu quand Martine s'appelait encore Martine, à La Roche-sur-Yon, et qu'elle songeait à se forger un destin dans la capitale. Elle était désormais Marilyn, elle était fière du succès de son premier essai, et elle voulait en écrire vite un second. Elle s'imaginait qu'Emma Roche l'adorait et la soutenait mordicus. Comment aurait-elle pu se douter que l'éditrice la voyait comme une marionnette bonne à lui rapporter un peu de chiffre d'affaires en plus ?

Marilyn a montré à Paul d'autres manuscrits. Pourraient-ils en tirer quelque chose ? Il ne se sentait pas bien, surtout quand elle riait dans ses bras en lui disant quelle chance incroyable elle avait de l'avoir rencontré. Ce qui ne l'a pas empêché de répondre au baiser de Marilyn quand elle l'a embrassé. Puis elle l'a basculé sur sa housse de couette en toile de Jouy rose. Formé par Charlotte, Paul était un bon amant, attentionné, attentif au plaisir de sa partenaire. Dans ses papiers, où je suis tombé sur des choses étonnantes, j'ai lu quelques pages de son journal intime de ce moment-là. L'humour dont il fait souvent preuve ne camoufle pas tout, on y trouve des aveux nus. Il y raconte avec un désarroi désarmant cette impression de n'être plus qu'un serviteur dédié aux autres, une bonne poire, homme à tout faire derrière des manuscrits et jusqu'au fond d'un lit.

Paul ne s'exprimait pas en ces termes devant moi. Sa vie privée était taboue. Je me souviens de l'avoir vu au prix de Flore 2016 avec Marilyn : elle lui tenait la main, et lui avait piqué un fard en m'apercevant. Puis il m'avait évité tout le reste de la fête.

Peu de temps après, il m'a convoqué pour me parler. Nous avons pris une bière au Varenne, le café à l'angle de la rue du Bac, à cent mètres du square La Rochefoucauld où Romain Gary s'était suicidé en 1980, en se tirant une balle de revolver dans la bouche, dans l'appartement qu'il avait racheté au duc de Doudeauville.

« C'est toujours un bon point, pour un écrivain, de se tuer. Ça parachève une biographie.

— Mieux vaut avoir écrit avant *La Promesse de l'aube*… Avec juste *Le Roman national*, c'est encore un peu tôt pour toi ! »

Paul n'a pas relevé. Il ne lisait alors que des auteurs suicidés – ce soir-là, il avait d'ailleurs dans la poche de sa veste un livre de Mishima, *Confession d'un masque*. Mon ami n'arrivant pas à me dire ce qu'il avait sur le cœur, nous avons dévié vers d'autres sujets. Le poète de Grenoble avait été rétrogradé au rang de piéton de Paris. Il était obsédé comme moi par la topographie, les cartes, les lieux de mémoire, les immeubles disparus et l'idée qu'on s'en fait, les plaques, les fantômes. Savais-je que le dernier prix Goncourt vraiment chic, Jean-Jacques Schuhl, sacré en l'an 2000, vivait juste en face de chez lui, rue de Varenne, à côté du bel hôtel de Galliffet, ancienne maison de Gaston de Galliffet, ministre de la Guerre et prince de Martigues, qui avait inspiré un personnage à Proust, lui aussi lauréat du Goncourt, en 1919 ? Ce prix, pour le coup, Paul n'y pensait plus pour lui…

Paul et moi n'étant plus capables de nous confier l'un à l'autre, il monologuait dans son journal, où j'ai puisé les éléments que j'assemble ici.

Au bout de deux mois de relation, Marilyn a prononcé les trois mots qu'il redoutait : « Je t'aime. » Paul en a eu la chair de poule. Cette fille se trompait sur lui : à cause de son adresse dans le VIIe arrondissement, elle le surestimait. Il ne savait pas quel film elle s'inventait, et il se méfiait du couple, qui plus est quand il est au service d'une quelconque représentation sociale. Il ne confondait pas l'attendrissement et l'amour. Marilyn n'était pas son âme sœur. Mais il n'arrivait pas à le lui expliquer, de peur de la meurtrir – et pendant ce temps-là elle s'attachait, et son silence à lui ne faisait que repousser une inévitable souffrance. On dit que Louis XV était pieux malgré sa soixantaine de maîtresses répertoriées, et que ce fossé entre sa débauche et sa foi le tiraillait. Toutes proportions gardées, dans le chaos plat de son existence, Paul conservait au fond de lui une forme de morale qui avait la dureté du diamant. Il n'était pas le genre à rechercher des conquêtes, à jouer avec des gens fragiles. Il avait bien perçu les fêlures de cette fille, la culpabilité lui serrait le cou des deux mains, sans qu'il distingue où était la bienséance : rester avec Marilyn par faiblesse, ou la quitter avant qu'elle n'ait cru trop longtemps à une histoire qui n'existait que dans sa tête ?

Un soir, le dilemme est devenu trop lourd à supporter. Cela ferait bientôt un an qu'ils étaient *ensemble*. Tout contre lui, Marilyn venait de s'abandonner plus que jamais, comme offerte. Puis elle s'était endormie. Elle ronflait légèrement, pleine de joie et de sérénité. Sans faire de bruit, Paul s'est rhabillé et a pris des feuilles blanches. Son esprit, son cœur et ses doigts étaient reliés par ce fil invisible qu'on appelle l'inspiration. D'une traite, comme quand on se contente d'écrire à la lumière de la sincérité, Paul a noté à Marilyn, ou plus justement à Martine, tout ce qu'il avait à lui dire. Il lui souhaitait de rencontrer quelqu'un d'autre que lui pour vivre sa vie. Puis il est parti dans la nuit.

Il devait être deux heures du matin quand il s'est retrouvé au grand air, au niveau des ailes du Moulin-Rouge. Avec son léger handicap, il en avait pour une bonne heure de marche. À Daniélou, à l'image d'autres jeunes de son âge, il portait aux nues Lautréamont, qui balayait dans ses *Poésies* les «élucubrations sentimentales». Il n'avait pas changé de ligne de conduite en se convertissant au «triomphe de l'indifférence» promu par Mme de La Fayette – mieux valait se tenir à l'écart des élans du cœur, ces *transports* ne pouvant que mener droit dans le mur. Paul ne se souhaitait pour rien au monde une rechute. Sage résolution, écrivait-il dans son journal. Promis, on ne l'y reprendrait plus.

Sur ces réflexions, il a poursuivi son pèlerinage dans un Paris féerique : le quartier de la Nouvelle-Athènes, l'église de la Sainte-Trinité, le palais Garnier, la place Vendôme, les Tuileries, puis, après la Seine, les rues de Solférino et de Bellechasse, et enfin sur la gauche la rue de Varenne, l'hôtel de Matignon et, à une cinquantaine de mètres, sa cité de Varenne longeant l'ambassade d'Italie… Arrivé chez lui à trois heures du matin, il se sentait fatigué. Son lit lui a paru plus froid qu'un linceul. Une impression, sans doute. Il était temps qu'il change ses draps.

14.

Le Français du futur

J'ai conservé quelques photos de Paul à l'époque de la prépa. L'une d'elles a été prise lors d'un voyage de classe à Rome, en janvier 2004. Par le réseau des religieuses de Daniélou nous étions logés à la Trinité-des-Monts, le couvent qui surplombe la place d'Espagne. Tous les soirs nous faisions le mur et traînions dans la ville en tentant de vivre quelque chose. Paul escaladait les monuments historiques, pas une église ne lui résistait. Moi, je restais en bas, à applaudir ses acrobaties. À l'aube nous retrouvions discrètement le dortoir.

Sur la photo dont je parle, nous sommes place Saint-Pierre avec un autre camarade de notre classe dont je n'ai plus eu de nouvelles depuis une éternité. Il fait beau. La lumière hivernale ne devait pas être aveuglante, pourtant Paul plisse les yeux. Il porte son duffle-coat usé et l'écharpe écossaise rouge de ces années-là, la tenue dans laquelle il restera fixé dans ma mémoire. Il avait une élégance naturelle avec cet uniforme qui était le sien, ce manteau aux grandes poches dans lesquelles il glissait l'*Anthologie de l'humour noir* de Breton.

Pourquoi ne pas avoir envoyé valser les conventions vestimentaires ? Une fois installé cité de Varenne, Paul s'est mis à se chercher un look. On l'a vu tour à tour en costume et richelieus, avec un Barbour, une veste de travail, des cols roulés, des chemises à fleurs. Il a même essayé une petite moustache pour faire illusion dans les bars de Strasbourg-Saint-Denis. Puis il a rangé ses baskets encore neuves pour réapparaître rasé de frais avec aux pieds des mocassins à glands. Il ne trouvait pas la bonne panoplie.

Où s'arrêterait la carrière de caméléon de mon ami ? Ayant changé de genre pour écrire le livre de Marilyn, il pourrait tout aussi bien adopter une autre couleur de peau. Après *Une maison à nous*, son gros chantier a été *Le Français du futur* de Sevran.

Sevran était considéré par les cartomanciennes du milieu culturel comme le prochain numéro un des ventes – un poète de la rue, le prophète du rap conscient, une sorte de Jean-Michel Basquiat de la Seine-Saint-Denis, l'idole des quartiers et depuis peu des bourgeois à la page. Avant de le rencontrer, Paul a dû montrer patte blanche auprès de Mateo Maldini, que nous avons déjà croisé furtivement dans le troisième chapitre de ce livre, défendant les intérêts du chanteur Diego.

L'imprésario avait fait du chemin : il dirigeait désormais la plus grosse maison de disques de France. Le polygame Eddie Barclay aurait eu l'air d'un capucin à côté de ce margoulin au physique adipeux, habillé d'une veste lamée, d'une chemise noire largement entrouverte sur un torse dégoulinant, d'un pantalon de cuir et de boots en python. Il a organisé un rendez-vous avec Paul et Emma Roche à son bureau, où une boule à facettes tournait sur elle-même au milieu du plafond, se reflétant dans les disques d'or qui décoraient les murs. Avant toute chose Maldini a proposé à Paul un verre de rhum. Impossible de lui refuser quoi que ce soit : on connaissait sa susceptibilité proverbiale, ainsi que son impressionnante collection d'armes à feu.

Avec sous sa coupe une bonne partie du showbiz à la papa, l'aigrefin avait renouvelé son cheptel en y injectant du sang frais. Même s'il trouvait leur musique ignoble, il avait signé tout un tas de rappeurs qui assuraient sa fortune. Quand la presse lui consacrait des portraits, il savait vendre ses salades : il s'y présentait en grand frère mettant son savoir-faire de manager au profit des plus démunis, dans un souci d'égalité des chances et de réinsertion des jeunes à problèmes. Grâce à lui l'ascenseur social n'était pas bloqué – il le faisait même groover.

De son côté Emma Roche jugeait, à juste titre d'ailleurs, que la diversité n'était pas le fort de l'édition française. Or on ne pouvait plus se restreindre au lectorat blanc, qui plus est vieillissant : il fallait élargir et rajeunir la clientèle. Elle réfléchissait en termes de marchés et de niches, Sevran lui semblait avoir un bon potentiel commercial, mais quand elle prenait la parole en public elle s'exprimait de façon sournoise :

«Je tiens à ce que Marcillac soit aussi le porte-voix des banlieues et de la francophonie.»

Sevran avait tout pour devenir le roi du rap, autant dire le roi du monde. Sauf que Maldini voulait le sortir de ce carcan «en le positionnant premium». Quoi de mieux qu'un livre pour corriger son image? On n'en vendrait pas des mille et des cents, mais ça servirait de carte de visite pour l'installer dans l'intelligentsia. Sevran avait gagné une Victoire de la musique, catégorie musique urbaine. On devait maintenant l'ancrer dans le long terme. Pour cela, Maldini avait de l'entregent et certains arguments... La dernière chanson du rappeur passait depuis peu sur France Inter. Maldini n'était pas loin de lui avoir la une de *Télérama*. Par des amis de jeunesse il comptait le brancher aux cercles politiques – ce serait bien que Sevran soit un emblème de la gauche. Et, avec sa belle gueule de banlieusard poète, on pourrait aussi lui trouver un gagne-pain du côté du luxe, genre égérie Gucci...

On voit bien ce que Paul devait raconter dans *Le Français du futur* : la légende que demandaient les lecteurs. Paul baratinerait sur l'enfance de Sevran, ses failles et ses combats, il nous ferait pleurer sans oublier le rythme – montées, descentes et repentance. Tout ça avec une oralité écrite fleurie qui respirerait la Seine-Saint-Denis, mais tirerait vers la littérature respectable. À partir de ce texte, les éditions Marcillac fabriqueraient un bel objet que les pigeons seraient fiers d'exposer sur leur table basse pour montrer qu'ils étaient restés dans le coup.

En éternel bon élève, Paul a noté dans son carnet les différentes consignes, ainsi que cette exclamation de Maldini, qui résumait son propos :

« Pas de provocation inutile : des bons sentiments avant tout. Que les citoyens sensibles se sentent flattés de voir en Sevran le Français du futur. Le style de Céline avec le cœur de Camus – et surtout pas l'inverse ! »

Paul a rencontré le rappeur à l'Olympia : Sevran était la vedette d'un événement caritatif, deux soirées à guichets fermés. Arrivé boulevard des Capucines, devant l'ancienne salle de music-hall, mon ami a souri : on voyait le nom de Sevran en gros, en grandes lettres rouges, et en beaucoup plus petit celui de Diego, que Maldini avait réussi à recaser là. Gloire éphémère des têtes d'affiche qui croient voler au-dessus du commun des mortels et finiront comme nous tous, les pattes collées dans du papier tue-mouches…

C'était le milieu de l'après-midi. Sevran avait fini ses balances seul sur scène et buvait un café dans sa loge. D'origine franco-sénégalaise, il n'avait ni la chaîne en or qui brille, ni le diamant à l'oreille, ni même les tatouages réglementaires : il portait des mocassins bicolores, un pantalon tartan rouge et un col roulé noir. Malgré son succès, il suintait la tristesse. Le cannabis matin, midi et soir avait accentué un caractère nuageux de naissance. Depuis son enfance à Rougemont, le quartier où il avait grandi, Sevran avait toujours été taciturne. Paul s'est vite rendu compte qu'il était bien plus intéressant que prévu : il aurait été plus à sa place à la Factory d'Andy Warhol qu'entre les grosses pattes mafflues de Maldini et d'Emma Roche.

«Je ne te propose pas de venir au concert tout à l'heure…

— Pourquoi?

— Je dois faire un duo avec Diego. La honte ! »

Il avait rencontré Emma Roche récemment. Elle lui avait promis, comme à Paul, qu'ils allaient «faire de grandes choses ensemble». Hélas, Sevran trouvait ce projet de livre ridicule. Le titre, *Le Français du futur*, ne lui convenait pas. De quel futur parlait-on? Il ne se sentait chez lui ni en Afrique ni ici, il souffrait d'un profond trouble identitaire, enchaînait trois séances de psychanalyse par semaine, prenait trop d'anxiolytiques…

«Je ne souhaiterais pas à mon pire ennemi d'être métis.

— Pas de passions tristes, tu es le Français du futur !

— Tu sais que je suis breton en vrai? Breton de souche, frère ! »

Si Sevran avait un père sénégalais, sa mère venait de Saint-Malo – ses aïeux étaient de Vannes, Perros-Guirec ou Concarneau autant que de Dakar. Quand il était enfant, en vacances, ses grands-parents l'emmenaient marcher sur les remparts de la cité corsaire. Il connaissait le tombeau de Chateaubriand sur l'îlot du Grand Bé. Petit, il rêvait d'être blond aux yeux bleus comme ses cousins et son oncle Loïc, celui qui avait un catamaran.

« Pardon, ce n'est pas du tout l'angle qui a été choisi pour *Le Français du futur*...

— On ne dirait pas forcément ça en me voyant, mais la culture bretonne est fondamentale dans ce que je suis. »

Sevran n'avait découvert le rap qu'au collège à cause du conditionnement de la cité, de l'obligation de jouer au caïd, mais ça restait très superficiel pour lui... La harpe celtique, voilà du vrai son ! Notre rappeur national filait un mauvais coton : il s'est abandonné au régionalisme le plus rance en chantant les crêpes à l'andouille de sa grand-mère, les huîtres de Cancale et les alignements de Carnac.

« Recentrons un peu la conversation... Tu es un symbole fort de l'intégration à la française : ce sera l'introduction de ton livre. Tout est politique chez toi.

— Je suis l'homme le plus apolitique du monde. »

De son père, Sevran avait hérité un mysticisme soufi qui, dans un syncrétisme singulier, s'était mêlé au crachin d'une Bretagne fantasmée depuis une barre d'immeuble de la banlieue parisienne.

Au fond de lui, le voyant de la Seine-Saint-Denis préférait la soul au rap ; en poète, il était parti dans une quête spirituelle, il cherchait une forme de gospel bigouden vaudou, hermétique au profane…

Maldini tenait à ce que Sevran fasse la une de *Télérama*. Mais c'était déjà une catastrophe pour lui de passer sur France Inter. Il était en train de devenir le rappeur institutionnel. Au quartier, on le traitait de béni-oui-oui, de vendu. Ne lâchant pas le morceau, Maldini lui répétait que lui, Sevran, était socialiste. Que c'était bon pour sa réputation. Il voulait qu'il chante au prochain congrès du parti.

« Que devient le Parti socialiste ?

— Il n'attendait que toi pour se relancer. Tu es le nouveau Jaurès – ce sera démontré dans ton livre.

— Le nouveau Jaurès ?

— Jaurès est mort assassiné. Jaurès a fini en rappeur !

— Tant mieux pour Jaurès. Mais, moi, je suis tout sauf ça – tout sauf un rappeur. »

Comment s'en sortir ? Sevran parlait tout seul, en ne s'énervant même plus. Il avait lu des essais, aussi était-il étiqueté rappeur lettré. Mais de quel droit des gens se permettaient de décréter qui était lettré et qui ne l'était pas ? On l'avait trop instrumentalisé depuis ses débuts. Il se demandait quelles étaient les intentions de ceux qui prétendaient le défendre. Quels étaient leurs intérêts, surtout. Toutes ces émissions de télévision où on l'avait utilisé pour éponger il ne savait quelle haine de soi… On lui faisait des sourires par-devant, et par-derrière on le traitait comme un sapeur congolais. Une humiliation sans fin. Il aurait déjà dû finir broyé par l'industrie du divertissement.

Sevran en avait assez de servir d'objet de déco dans les médias. La potiche allait se rebiffer ! Parce qu'il n'avait rien dit jusqu'ici, on le prenait pour un sage. Ce serait bien différent quand il déballerait ce qu'il pensait.

« Ne déballons rien, par pitié ! La prudence doit nous guider tout au long de notre projet. Nous ne mélangerons pas tes opinions privées et ton discours public.

— Je ne serai plus la chose de Maldini. »

L'ogre du disque avait d'autres mauvaises idées pour installer son dernier joujou dans l'establishment. Il lui soutenait qu'il était né pour le cinéma, que le grand écran n'attendait que lui. Pathé était en préproduction d'une nouvelle adaptation de *Cyrano de Bergerac*, où Sevran devait tenir le rôle principal. Le réalisateur était convaincu que la tirade du nez était du rap avant l'heure – vas-y que c'est un roc, un pic, un cap, une péninsule… Il s'agirait d'une comédie musicale avec de la danse contemporaine.

« Très bien, il faut donc que ton livre soit prêt pour la sortie du film, ainsi tu auras une double actu.

— Il n'y aura pas de double actu, Paul… Cette manière qu'a Maldini de jouer avec des artistes issus des milieux populaires, ça me débecte. Je ne serai pas le Cyrano de Bergerac métis !

— Prends du temps pour toi ? Souffle un peu et on en reparle dans deux mois ? J'aurai préparé un plan, en détaillant chapitre par chapitre. J'intégrerai tes remarques bien sûr – sans oublier notre angle initial.

— Tu ne comprends pas : je ne vais pas bien du tout. Je ne sais plus qui je suis. Je suis au bord de la crise de nerfs. Tous ces vautours finiront par me tuer. »

15.

Le gang des pastiches

Ce malabar de Maldini était grossier dans ses manières, et sanguinaire quand il avait une nouvelle obsession en tête.

À cause d'une histoire de financement, la préparation du *Cyrano de Bergerac* rap a pris du retard. Pendant ce temps-là, Paul a eu largement le temps d'écrire *Le Français du futur*, dans un style célinien hip-hop encore jamais lu sous nos latitudes. La double actu a bien eu lieu : Sevran devait assurer la promotion de son livre et juste après commencer le tournage, son premier rôle principal après quelques panouilles que lui avait trouvées Maldini dans des âneries d'auteurs subventionnées. L'imprésario maléfique en était sûr : jouer Cyrano vaudrait à Sevran le César du meilleur espoir masculin, voire directement celui du meilleur acteur. Il se mettait à rêver d'un Oscar du meilleur film étranger, de Sevran commençant une carrière américaine, des contrats qu'il lui négocierait et de l'argent qu'il se ferait au passage. Même sous cocaïne, ce monstre dormait comme un bébé.

Sevran s'est effondré au pire moment. Alors que son livre sortait de chez l'imprimeur, il a eu une crise de panique. Il était sur son balcon à fumer du cannabis en rêvant à l'Ille-et-Vilaine quand il a eu la tentation de sauter. Dans les vapes, il a passé une jambe au-dessus de la rambarde. Il est resté cinq minutes comme ça, les yeux fermés. Quand il les a rouverts le vertige l'a saisi. Son cœur tambourinait dans sa poitrine. Sauvé in extremis par un réflexe de survie, il a appelé le SAMU. Une ambulance est venue le chercher et l'a conduit, en sueur et tremblant de tout son corps, jusqu'à un hôpital psychiatrique. Sevran ne voulait pas se faire enfermer par Maldini ? On l'a bouclé chez les fous, lui qui était si lucide. Les médecins ont préconisé une cure de repos de trois mois, pouvant se prolonger jusqu'à six, et plus si affinités.

Ça n'a pas été du goût de Maldini, mais alors pas du tout. À part celui de jeter le dépressif aux crocodiles, le tyran avait tout pouvoir sur Sevran. Les éditions Marcillac n'ont pas repoussé la date de sortie du *Français du futur*. Maldini jugeant infantile le pseudo de Sevran, il a demandé et obtenu que le rappeur émotif publie sous son vrai nom : Senghor Sarr. Ce serait à la fois plus chic et plus sérieux pour ses rôles à Hollywood, ses nombreux livres à venir (récits autobiographiques, manifestes et poèmes) et les colloques sur son œuvre à UCLA. Restait un pépin à régler : comment cacher l'internement de Senghor Sarr ?

Emma Roche et Maldini ont trouvé la solution. Via un communiqué de presse cosigné par l'hydre à deux têtes qu'ils formaient, ils ont annoncé que Senghor Sarr tuait le personnage de Sevran pour « reprendre les commandes de sa propre vie ». Il n'oubliait pas le quartier, il savait d'où il venait et resterait à jamais « le petit Senghor de Sevran » ; mais il s'était sensibilisé à la cause écologique. Il avait découvert Thoreau et son maître livre, *Walden ou la Vie dans les bois*. Il voulait « prendre du champ et la clef des champs », et s'installer dans une cabane près d'un lac. Il désirait aussi entendre à nouveau le bruit des oiseaux au lieu de cet « incessant pépiement médiatique ». Il n'avait pas envie de participer à l'hystérisation des débats et prônait l'apaisement général. Il faisait donc le choix de se taire et de ne plus apparaître nulle part pour ne plus « polluer les esprits ». « Si son parcours fut un exemple pour la France, ses nouveaux engagements seront un modèle pour la planète » : ainsi s'achevait le communiqué.

Ce virage a beaucoup plu en ville, et la rareté de la parole de Senghor Sarr a renforcé sa crédibilité auprès du public. On ne l'a pas vu à la télé, ni entendu à la radio. Les gens trouvaient ça très courageux de se priver de ces supports derrière lesquels courent d'ordinaire les artistes affamés de gloriole. L'anachorète du rap flottait bien au-dessus de ces considérations. Un Zarathoustra des temps modernes ! Parce qu'il fallait quand même faire passer le message, les éditions Marcillac ont accordé deux entretiens à la presse, précisant en amont que les réponses parviendraient par écrit – Paul s'est chargé des premiers jets, et Emma Roche et Maldini sont repassés dessus. Ce dernier avait en stock deux séries de photos qui n'avaient encore jamais été utilisées. Il a pu les mettre à disposition des rédacteurs en chef qu'il avait su duper. Senghor Sarr a d'abord fait la une de *M, le magazine du Monde*, où il était célébré comme « le rappeur qui nous veut du bien ». Même son de cloche extatique du côté de *Télérama*, où Zarathoustra de Bergerac a enfin eu droit à sa couverture et à six pages d'interview, suivies d'un dossier où une dizaine d'intellectuels essentiels à la survie du pays s'engageaient en faveur de la France du futur – quelle France, ça, personne n'en savait rien. Tout était pour le mieux dans le meilleur des mondes possibles. Écoulé à quarante mille exemplaires, soit un peu plus qu'*Une maison à nous*, le livre de Senghor Sarr a été un succès. Pendant ce temps-là, en cobaye spleenétique, le rappeur sénégalo-breton était à l'hôpital, privé de son téléphone et de son libre arbitre, assommé par les neuroleptiques.

Ainsi s'est déroulée la vie de Paul entre 2015 et 2018. Il est devenu la cheville ouvrière de

Marcillac. Il a écrit les Mémoires d'un footballeur mondialement connu et ceux de plusieurs clowns issus de différents télécrochets – des piles de livres aussitôt publiés, aussitôt oubliés. Deux grands patrons et trois anciens ministres se sont aussi servis de sa plume. Emma Roche avait dégoté « le gourou qui monte » : un imposteur à tête de bonze qui se produisait pieds nus à la télévision – mais collectionnait les chaussures anglaises avec ses droits d'auteur. Paul lui a écrit son *Petit Traité de la vie vagabonde*, une indigeste ratatouille qui a plu à cent mille âmes en quête de sens. Il lui a ensuite offert sur un plateau une bio de Gandhi. Et quand Natalie de Chimay a eu son accident vasculaire cérébral en 2016 et en est sortie à moitié paralysée, qui a dû terminer son *Ode à Homère*? Encore Beuvron ! Il avait plus de bras que Shiva.

Avec tout cela Paul a eu du mal à finir son quatrième Rossi, qui n'est paru qu'en 2017. Mielleux à souhait, honteux de l'aveu même de mon ami, *La Résilience* mettait en scène trois femmes confrontées au cancer : une professeure de français, une libraire et une romancière à succès. Toutes les trois divorcées après avoir été bafouées par des maris veules, elles en avaient vu des vertes et des pas mûres. Elles se serraient les coudes et triomphaient ensemble de la maladie. Sur le bandeau rouge qui entourait le livre comme un œuf de Pâques, Emma Roche avait fait mettre : « Son livre le plus profondément humain ».

«Le gang des pastiches» : l'expression était d'Emma Roche, ravie d'avoir trouvé en Paul l'alter ego parfait pour exécuter ses vils coups marketing. Malgré sa jambe raide, il faisait preuve d'une assurance surprenante. Dans son bel appartement de la cité de Varenne, une bibliothèque à échelle ornait le salon. Paul y avait aligné une intégrale reliée de *La Comédie humaine*, les numéros du magazine *Punch* contenant *La Foire aux vanités* de Thackeray, la première édition des *Caractères* de La Bruyère et d'autres livres de collection. Une étagère entière était réservée à ses productions pour les autres. En démiurge au petit pied, il lui semblait fascinant de voir que tous les best-sellers de notre époque étaient signés par un seul homme : lui !

En vérité, qu'était-il? Un ventriloque? Un illusionniste? Dans ce western que devenait l'édition, Paul se définissait en riant comme «un chasseur de primes», «un desperado littéraire», «un pistolero du traitement de texte». Personne n'aurait osé le provoquer en duel dans quelque saloon. Qu'attendait le shérif? Quand sortirait-on le goudron et les plumes pour cette fine gâchette qui tirait plus vite que son ombre, mais finirait par retourner son arme contre lui à force d'accepter tout et n'importe quoi? Je n'osais lui dire ce que je pensais de lui : qu'il n'était qu'un larbin assurant des ménages. Lui m'appelait tour à tour «la Nounou», «la Nurse», «Mary Poppins». J'étais complètement schlass depuis que j'étais père, Paul me le reprochait assez, vantant en comparaison le dynamisme d'Emma Roche, ses mille idées par minute, son incroyable peps…

« Tu lui trouves *un incroyable peps* ? Qu'est-ce que c'est que ce langage ? Tu te fous de moi ?

— Elle me transmet une énergie folle. C'est la rencontre la plus importante de ma vie.

— Réveille-toi ! Ou va te coucher, plutôt – tu ne dors pas assez.

— Toi non plus, avec ta fille.

— Je ne me fatigue pas pour des bêtises : de mon côté, c'est pour la bonne cause.

— Moi aussi ! »

Je croyais qu'il n'avait plus sa tête ? Il prétendait, au contraire, avoir les yeux bien ouverts, ne pas perdre une seule miette de ce qu'il vivait. Et moi qui faisais la sainte-nitouche en lui reprochant sa surconsommation de coke… Mais c'était professionnel ! Balzac avait le café, Beuvron la cocaïne. Il devait aller au bout de la nuit de notre temps pour en rendre compte ensuite dans « un grand roman choral ».

« Ton roman à toi, justement, *Work in Progress*, ça en est où ?

— Le texte est un peu au-dessus de son poids de forme.

— C'est-à-dire ?

— C'est une expression d'Emma : ça veut dire que toute la matière est là, que je dois maintenant dégraisser.

— Et toi ? Tu es sûr que ça va ?

— Oh, ne t'inquiète pas pour moi… »

« Ne t'inquiète pas pour moi… » : susurré d'une voix qui s'étiolait, tel était le nouveau leitmotiv de Paul, celui des condamnés flegmatiques qui préféreraient qu'on tourne la tête. Il me racontait n'importe quoi sur *Work in Progress*. Le Balzac boiteux n'en était pas à l'heure des coupes, des ultimes corrections : il n'avait pas commencé.

16.

Pandémonium

Malgré nos désaccords nous essayions l'un et l'autre de rester en termes cordiaux. Au printemps 2019, après je ne sais plus quelle fâcherie, Paul m'a proposé que nous nous réconciliions en nous rendant ensemble à la fiesta de l'année. Le ministre de la Justice, Albert Bianchi, donnait une garden-party dans sa maison de la villa Montmorency. Je n'étais encore jamais entré dans cette enclave d'ultra-riches, nichée à Auteuil. Y être reçu était un fol accomplissement pour Paul : la villa Montmorency était l'Annapurna du Tout-Paris, le sommet à atteindre quand on voulait intégrer l'entre-soi le plus fermé. Alors que je prétextais pour la forme une galère de garde, l'alpiniste mondain m'a bâché :

« Cette soirée ne se refuse pas, Mary Poppins. Ça te changera de tes activités de puéricultrice. »

Ici, un point d'histoire s'impose. Sans remonter jusqu'au Golf-Drouot, au Fiacre, au Tabou ou au Bœuf sur le Toit, il faut rappeler que les nuits parisiennes rimèrent un jour avec douceur de vivre. Au Nuage et au Sept, puis au Palace, des esthètes savaient faire de chaque fête une œuvre d'art. Les années 1980 ouvrirent ensuite la voie aux limonadiers de bas étage.

Le pire de tous s'appelait Hubert Boukobza, patron des Bains, le club emblématique de cette décennie maudite. Ses manières de manouche ne s'étaient pas arrangées avec la cocaïne. S'enfiler quatre grammes par jour accentue les tics des mauvais garçons. Ayant débuté comme pizzaïolo, Boukobza ne pensait qu'à gagner de l'argent facilement et à arroser de drogue une clientèle de mannequins à la mode et de dragueurs connectés, de monte-en-l'air et d'hommes d'affaires véreux, de gommeux et de gourgandines, de rogatons du gotha et de fils de bourges encanaillés, de rutilants marlous et de noms ronflants issus du cinéma, de la chanson et de la télé. Ce drôle se vantait d'être le plus grand dealer gratuit de Paris – et, quand la bise fut venue, la cigale sous cocaïne s'étonna de finir en prison. Le pauvre homme ! Mais je m'éloigne de ce que je voulais raconter, qui aura son importance pour la suite.

C'est aux Bains, ce cloaque infernal, que trois gaillards nés en 1962 s'étaient rencontrés en 1984. Le premier, Richard Rascasse, terminait Sciences Po et préparait le concours d'entrée à l'ENA. Le second, le futur avocat Albert Bianchi, n'allait pas tarder à prêter serment – dans une robe volée. Le troisième larron, Mateo Maldini, n'était encore qu'animateur sur des radios libres. Rascasse était prognathe, avec un air torve et une mauvaise peau. Ventru dès sa vingtaine, Bianchi portait beau, avec son physique épais de bagnard. Quant à Maldini, je crois l'avoir assez décrit. Ils étaient laids comme les sept péchés capitaux, lesquels leur servaient de lois morales.

Ces trois petits cochons ne construisaient pas leurs maisons en paille ou en bois, mais avec des briques et du ciment. Au cours de leurs soirées poker et de leurs orgies aux Bains, ils s'étaient promis de réussir ensemble, chacun dans son secteur (la banque, la politique et la culture), avec le pouvoir comme objectif commun. Sorti de l'ENA à l'Inspection des finances, Rascasse avait connu les cabinets ministériels avant de rejoindre J.P. Morgan, où il s'était imposé comme le nouveau prestidigitateur des fusions-acquisitions, avec quelques millions de revenus annuels. Maître des acquittements impossibles, terroriste des prétoires, réputé pour ses coups de sang et ses pressions sur les magistrats, avocat aussi médiatique que roué, corrompu jusqu'à l'os et au-delà, vendu à tous les gouvernements, Bianchi avait fini par y entrer, nommé ministre de la Justice en 2012. Maldini était aussi coriace que ses deux copains, mais nous connaissons sa triste carrière, aussi n'y reviendrons-nous pas.

Rascasse était propriétaire de deux hôtels particuliers villa Montmorency. Dans l'un d'eux, il logeait son épouse légitime et les trois enfants du premier lit. Il avait acheté le second pour y installer sa maîtresse et leur fille, mais la dame avait préféré vivre dans le VIe arrondissement, qui allait mieux à ses robes de baba cool – elle pratiquait la thérapie par l'art. Rascasse s'était débarrassé de cette dame en l'envoyant avec ses cartons rue Saint-Benoît, juste à côté du Flore. Séparé d'elle, il avait réintégré le domicile conjugal. Que faire alors de sa deuxième maison ? Il avait tellement d'argent qu'il aurait été mesquin de la céder à un émir. Maldini ne voulant pas quitter son atelier d'artiste de l'avenue Junot, à Montmartre, Rascasse l'avait mis à la disposition de Bianchi contre un loyer modéré. Quand ils voulaient conspirer, ils n'avaient qu'à traverser l'allée. Le goût des grosses voitures et de la bamboche les réunissait toujours. Même ministre, Bianchi était resté un fieffé noceur. Il savait recevoir ! Invité à sa nouvelle garden-party, Maldini avait ajouté sur la liste le nom de Paul, et lui m'avait soutenu qu'il n'aurait aucun mal à m'incruster.

Je craignais que ça ne soit pas si simple. Le hasard a fait que, quand nous sommes arrivés devant l'entrée de la villa Montmorency, rue Poussin, nous sommes tombés sur Maldini. Ne sachant pas comment il fallait s'habiller pour être dans le ton, Paul avait hésité deux heures avant de mettre un blazer bleu marine, un pantalon blanc et des mocassins en daim. Moins apprêté, Maldini avait les yeux écarquillés et suait abondamment dans sa chemise noire. Même une gamine de seize ans n'aurait pas osé porter sa veste à strass. Il avait un je-ne-sais-quoi d'Amin Dada. On se souvient que le despote ougandais, cannibale à ses heures, appréciait la chair humaine, même s'il la trouvait un peu trop salée, plus encore que celle du léopard. Maldini était-il lui aussi un gourmet ?

« N'aie pas peur, je ne vais pas te manger », m'a-t-il tutoyé d'emblée, comme s'il lisait dans mes pensées. En tout cas, avec lui, nous n'avions plus à nous soucier de ces histoires d'invitation, sa présence auprès de nous valait tous les laissez-passer. Connaissant le coin mieux que la poche intérieure de sa veste où il cachait sa drogue, Maldini nous a fait faire le tour du propriétaire, nous montrant du doigt les résidences de deux milliardaires, celle d'un oligarque russe de ses amis, celle enfin d'un défenseur brésilien du Paris Saint-Germain qui venait d'être cambriolée.

À quoi ressemblait l'hôtel particulier où vivait Bianchi ? À une maison de vacances d'autrefois, style Arcachon fin XIXe. Sur le gazon fraîchement tondu la fête battait son plein et faisait mal aux yeux. On se croyait sous l'influence de quelque substance psychédélique : je n'avais jamais vu une telle concentration de célébrités et de personnalités parisiennes, notables bien assis et tout-puissants de la politique, des médias, de la finance et du football. Il y en avait pour tous les goûts. Ce ministre de l'Intérieur, très austère, viriliste en apparence, et à qui l'on prêtait une double vie, accompagné de ce fidèle bras droit joliment balafré que l'on disait être son amant. Cette fille de rien qui en rôtissant le balai avait mieux réussi que les grandes horizontales d'antan. Ce cardinal ivre de lui-même, ces deux énarques bouffis d'orgueil mal placé, ce patron à tête de moine qui se défonçait aux stock-options. Ce banquier dont les méfaits donnaient du grain à moudre aux pages saumon du *Figaro*. Tous ces escrocs mondains pour qui abus de biens sociaux, conflits d'intérêts et perquisitions formaient le quotidien. Cette romancière algérienne qui passait depuis peu la moitié de l'année à Bruxelles pour des raisons fiscales, son mari étant très riche – elle n'avait pas son pareil pour asséner dans la presse des leçons de morale sur tous les sujets, toujours luxueusement vêtue. Cette autre grande rentière du milieu littéraire, qu'on recherchait plus pour sa dot (infinie) que pour son esprit (indigent), et qui s'affichait au bras de son compagnon du moment, un député d'extrême gauche qui ne voulait plus abolir les privilèges depuis qu'il avait découvert le domaine provençal de sa belle-famille. La Méditerranée : les eaux territoriales de ces gens qui se retrouvaient sur les îles grecques l'été. Il y avait aussi cette actrice oscarisée, une ingénue très engagée contre le réchauffement climatique que l'on voyait souvent en photo sur le yacht de tel ou tel comédien américain. Ou cette présentatrice de journal télévisé qui partait elle aussi en croisière l'été sur le bateau de son troisième mari, et qui se disait horrifiée par le sort des migrants, sans doute parce que leurs cadavres polluaient l'eau dans laquelle elle se baignait. Ou cette gorgone de chez LVMH, encartée au Parti animaliste, qui ne mangeait pas de viande, mais ne trouvait pas contradictoire de travailler chez un malletier. Ou encore ce photographe de mode dont la dernière expo au musée du Jeu de paume montrait de craquants réfugiés, ou cet ancien espoir du cinéma français qui brillait désormais surtout dans les galas de charité qu'il animait avec un tel charme…

Goitreux, glouton, ayant tout du futur goutteux, Maldini papillonnait du bar au stand huîtres, des toilettes au stand foie gras, poursuivi par une nuée de mignons désireux de percer dans la chanson. Ces pauvres lapins lui servaient de gibier, il leur faisait miroiter des disques d'or avant d'abandonner leurs carcasses une fois son appétit satisfait. En ayant additionné leurs réseaux ces trente dernières années, l'imprésario, le boursicoteur et l'avocat crapuleux avaient tissé un filet auquel nul n'échappait. Dès que quelqu'un montait sensiblement à Paris, ils l'agrégeaient à leurs messes noires.

Puisque tout était question de style, il convenait de suivre les dernières tendances. Quelques rappeurs bien cotés à la bourse du cool agrémentaient ainsi le cocktail, parfaitement assortis aux petits-fours nouvelle cuisine et aux verrines déstructurées. Que lesdits rappeurs soient venus accompagnés de lascars ne dérangeait pas les bourgeoises filiformes qui bâillaient en attendant une énième coupe de champagne. Mesdames s'ennuyaient, perchées en haut de leurs talons rouges. Elles avaient la peau tellement tirée qu'elles ne pouvaient plus sembler offusquées. Et puis il était de bon ton de trouver chic d'avoir un casier judiciaire – qui, ici, n'en avait pas ?

Le chanteur Diego essayait mollement de séduire Marilyn, qui ignorait Paul. Elle avait abandonné ses cheveux peroxydés pour une coupe à la garçonne, ce que la porte-parole du gouvernement, déjà éméchée, a jugé « super bien pour sa communication ». Nous n'avons pas eu l'avis d'Emma Roche, elle aussi présente. Elle tournait ostensiblement le dos à son ancienne protégée et reniflait dans l'assemblée les potentiels contrats d'édition, tout cela sous les yeux de deux journalistes du *Monde* qui rôdaient en espionnes dans les travées. Toute cette ripopée de satrapes, de maquignons et de loubards m'incitait à courir m'enfermer chez moi pour écrire ce que j'avais vu. Je voulais disparaître sur place. Quand on est attaché à l'étiquette des vieilles cours, les frasques de la nouvelle société donnent envie de cacher sa honte derrière un face-à-main et de se jeter sur son prie-Dieu dans l'attente du Jugement dernier.

« Allez, ne joue pas la vierge effarouchée, m'a dit Paul, tu adores ce spectacle ! »

Connaissant à force pas mal de monde, mon ami me servait de guide. Il a accosté un type en costume croisé, associé-gérant chez Lazard.

« Héloïse n'est pas là ?

— Elle se repose.

— La pauvre, j'espère qu'elle va bien, quand même… Elle est restée chez vous ?

— J'ai fini par lui prendre une chambre à l'année à l'Hôpital américain. Elle y est très bien suivie. La France est trop crispée en ce moment. Ça la met dans un état de stress post-traumatique. »

Un détail m'a frappé : le nombre de domestiques. Ce cocktail semblant mis en scène pour donner un reportage dans *Vogue*, tout était calculé. Or, depuis sa prise de fonction en 2012, Bianchi se présentait comme « le ministre des Droits de l'homme ». Il était hors de question qu'il fasse travailler des femmes ou des gens d'origine africaine. Il esclavageait donc une cohorte de Philippins tous très propres, bien peignés, adorables, aux petits soins. Quels crimes avaient commis les Philippins pour mériter d'être corvéables à merci en Occident ? Ils n'en finissaient plus d'expier, et avec le sourire, sans compter leurs heures. Toutes les bonnes maisons en gardaient au grenier quelques spécimens que l'on pouvait ressortir de leurs housses, épousseter et produire en société le moment venu. Le Philippin : un basique des réceptions données villa Montmorency au début du XXIe siècle. Les voir en veste blanche, main gauche dans le dos, servir des tartes au citron meringuées revisitées à des rappeurs avait quelque chose de croquignolet… J'espérais que les deux journalistes du *Monde* prenaient des notes.

À propos de rappeurs, j'ai reconnu Senghor Sarr, ou plutôt son ombre. Il sirotait son champagne avec un soin de chevalier du Tastevin, un macaron à la rose dans l'autre main. Après être sorti de l'hôpital psychiatrique, il avait finalement joué contre son gré dans la version rap de *Cyrano de Bergerac*. Le film ayant connu un certain succès, le septième art lui faisait les yeux doux. Son regard à lui s'était vidé. Mieux vaut se faire piquer par un scorpion que de voir le showbiz se pencher sur votre berceau : complaisance feinte, mauvais conseils, lavage de cerveau, mondanités débilitantes et cocaïne achèvent en un rien de temps de lobotomiser les talents prometteurs. Ce malheureux Senghor Sarr en était le plus parfait exemple. De ce type doué, on avait fait un zombie. Je me suis présenté à lui comme un fan. Mutique de prime abord, il s'est peu à peu ouvert.

« Vous m'aviez vu dans *Cyrano de Bergerac* ? Je n'étais pas trop mauvais ?

— Vous étiez formidable.

— Au quartier, je me suis grillé à cause de ça… Et ce n'est pas fini : là, je serai bientôt Voltaire.

— Le philosophe des Lumières ?

— On dit que la France est le pays de Voltaire, et comme je suis le Français du futur… »

La scénariste de ce virevoltant *Voltaire* à venir n'était autre que la romancière rentière présente au bar, celle qui entretenait un député de soi-disant gauche. Elle venait d'inviter Senghor Sarr à passer une partie de l'été dans la maison de ses parents à Saint-Rémy-de-Provence pour qu'ils avancent ensemble sur les dialogues.

« Ne m'en veuillez pas si je parle au ralenti : je suis un traitement très lourd qui me fatigue beaucoup.

— Je ne savais pas que vous étiez malade. »

Les pontes de la psychiatrie qui avaient travaillé sur le cas de Sarr l'avaient diagnostiqué bipolaire. Il ignorait s'il guérirait un jour, et encore moins si sa bipolarité était branchée ou dépassée. L'image publique de sa maladie semblait le tracasser, il le répétait en boucle en regardant ses baskets... S'agissait-il d'une bipolarité premium ou d'une bipolarité popu ?

Deux chats de race ont rejoint la réception – les animaux de compagnie de Bianchi, ai-je compris. Sarr s'est mis à bavarder avec l'un des deux matous, puis à babiller tout seul.

Voyant qu'Emma Roche s'embêtait dans un coin, je suis allé l'aborder. J'ai mieux compris ce que m'avait dit Paul sur son côté athlète est-allemande : sa poignée de main était digne d'un haltérophile très aguerri.

« Vous faites quoi dans la vie ?

— J'écris à *Avant-garde*.

— Ça existe encore ? Je ne l'ai plus ouvert depuis 2004. Ou 2003, plutôt.

— Vous avez tort !

— Et vous n'avez aucune activité sérieuse à côté ? »

Paul, en revanche, turbinait trop, avec tous ces livres de Rossi et autres qu'il fabriquait à la chaîne pour elle. Un Philippin de l'édition. Emma Roche, comme Faucheuse, croyait aux bienfaits du travail.

« Vous reprenez un verre ?

— Jamais le soir.

— Quand, alors ?

— Je ne bois pas. Que de l'eau et des jus de fruits. Je ne vais pas tarder à y aller, de toute façon : j'ai du boulot.

— À minuit ?

— Il n'y a pas d'heure pour avoir du boulot. Je suis contente car je ne repars pas les mains vides : je peux vous annoncer officiellement que je publierai les confessions de Bianchi ! »

J'avais lu dans la presse que le ministre avait ce projet, et qu'il le ferait peut-être avec Emma Roche. Il avait dû lui donner enfin son accord ferme. Bianchi était un ami du père de l'éditrice – il avait défendu ce dernier au cours d'un procès quinze ans auparavant.

« Votre père est là aussi ?

— Papa ? Ne dites pas de bêtises. Pardonnez-moi, mon taxi est arrivé. Je suis attendue.

— Vous partez déjà ?

— Je n'étais pas là pour m'amuser. Je vais à la piscine à l'aube demain matin. Puis j'enchaîne les rendez-vous toute la journée. Allez, je vous laisse ma carte. On ne sait jamais. Je cherche toujours des gens pour divers projets. Et vous avez peut-être besoin d'un vrai travail ? »

J'ai fait une rencontre plus sympathique une heure après : une femme d'une petite cinquantaine d'années, aux cheveux blond cendré, peu maquillée, habillée d'une robe d'été toute simple, et dont le regard étincelait à la fois d'intelligence et de tristesse. J'étais trop ivre pour me souvenir de notre conversation, je sais juste qu'elle avait un très léger accent anglais, que nous nous sommes bien amusés et que les derniers mots que nous avons échangés furent ceux-ci :

« Avec tout ça, nous ne nous sommes même pas présentés. Comment vous appelez-vous ?

— Louise Astor.

— Et qui êtes-vous ?

— Je suis la femme d'Albert.

— Albert ?

— Albert Bianchi, celui qui vous reçoit ! »

Elle m'a regardé avec un sourire de femme du monde qu'on ne trouve plus que dans des vieux romans de l'époque victorienne.

« Vous ne savez même pas chez qui vous faites la fête ?

— Si, bien sûr, Albert est un proche pour moi.

— N'exagérons rien.

— Je vous assure qu'il n'y a personne au monde dont je sois plus proche que de votre mari. Et puis je l'admire.

— Vous êtes bien indulgent : ce n'est pas toujours le cas pour moi. J'aurais préféré épouser un homme qui ne transforme pas toutes les semaines ma maison en lupanar. Je vais monter me coucher. Vous feriez mieux de rentrer chez vous. C'est généralement vers cette heure-ci que ça dégénère… »

À ce stade de la soirée, tout le monde était champagnisé à mort, les alcools forts avaient fait tomber les dernières pudeurs, on pataugeait en pleine bacchanale. Qui a eu l'idée de lancer une chenille ? L'actrice oscarisée ? Le costume croisé de chez Lazard ? Marilyn ? La porte-parole du gouvernement ? Ou bien ce magistrat que Bianchi avait acheté, comme tant d'autres, du temps qu'il était avocat ? Pas le chanteur Diego, en tout cas : il roupillait sur une chaise de jardin. Derrière eux, dans une ombre qui érotisait tout, un secrétaire d'État galochait une petite gouape du rap près de l'inamovible stand foie gras.

Le ministre de l'Intérieur et son compagnon à l'excitante cicatrice ont pris la tête du cortège, entraînant derrière eux Bianchi, Rascasse, Maldini et un giton, Sarr, Paul, la gorgone salariée par Louis Vuitton, toute une ribambelle d'invités et même un serveur philippin qui avait dû siffler quelques verres tout en passant les plats. Je me suis assis, j'ai bien ouvert les yeux et je me suis concentré pour que la scène s'imprime au mieux sur mes rétines : toute cette sarabande de sacripants et de sigisbées, de saligauds et de sagouins, mais c'était magnifique ! Mieux que le *Satiricon*…

Paul était plus saoul qu'un Polonais. Malgré la cocaïne qu'il avait reniflée tout au long du cocktail, il a eu un coup de bambou. Il déraillait complet.

« La chenille, mon vieux, la chenille…

— Pardon ?

— C'est la chenille qui redémarre…

— Qu'est-ce que tu racontes ?

— Il ne faut pas la lâcher…

— Tu aurais besoin d'une boisson énergétique. »

Je lui ai pris au bar un soda bien sucré. Paul n'en a pas voulu. Il s'est assis dans l'herbe, en me tournant le dos.

« Mon père est mort, Henri.

— Comment ça ?

— Il a été enterré tout à l'heure à Grenoble. »

J'avais eu Paul au téléphone le matin et l'après-midi : il était à Paris. Je n'ai pas voulu le mettre mal à l'aise en m'appesantissant. Le temps que je trouve un sujet de conversation alternatif il y a eu un silence au cours duquel je l'ai senti accablé par le regret. La chaleur de cette soirée printanière annonçait les vacances, mais en tailleur sur ce gazon Paul avait l'air perdu dans le blizzard, ou dans une tempête de neige.

Il était entre deux et trois heures du matin quand mon ami m'a proposé que nous partagions un taxi. Je n'en avais pas besoin, la place de Costa-Rica où j'habitais ne se situant qu'à une demi-heure à pied de la villa Montmorency. Face à son insistance, j'ai hélé une voiture.

Tandis que nous remontions l'avenue Mozart et la rue de Passy, regardant à travers la vitre, Paul m'a tenu des propos moins décousus. Ne m'en déplaise, la haute société ne se comportait pas mieux sous l'Ancien Régime. Qu'est-ce qui avait changé? Louis XIV avait légitimé ses enfants naturels, et à sa mort le Régent les avait dégradés. Nous vivions dans un monde intermittent, où les statuts d'un jour ne sont pas ceux du lendemain. La place n'était jamais acquise dans la chenille de l'élite, on devait lui apporter une plus-value, mais les valeurs étaient volatiles… Il était impossible de savoir quand on n'y serait plus fêté, quand, devenu indésirable, on en serait bouté sans préavis. À moins d'y naître, il fallait se battre toute sa vie pour en être. Paul n'était allé ni à Henri-IV ni dans les rallyes – c'était une de ses obsessions, les rallyes, comme si avoir dansé de bonne heure avec des gens prétendument bien nés vous permettait à vie de ne pas sortir de la piste. Il avait renié ses parents, et maintenant qu'il était orphelin de père il se sentait fragilisé. Certains soirs de nostalgie, Grenoble lui manquait. Il avait sacrifié sa vie pour un mirage, pour une carrière qui n'était pas son genre.

« Tu te rends compte, Henri… Tout ça pour ça. Tout ça pour avoir peur d'être chassé d'une chenille… »

17.

Justice pour tous

La place Vendôme n'est pas le coin le plus miséreux de Paris. On y trouve peu de migrants enragés entassés dans de lépreux taudis. Encore que les bijoutiers ne dorment pas toujours tranquilles, on ne risque pas de se faire détrousser quand on rentre tard de soirée. On ne parle pas de zone de non-droit.

C'est place Vendôme qu'étaient installés Rascasse et Bianchi, pile l'un en face de l'autre, le premier dans les bureaux de J.P. Morgan, le second à l'hôtel de Bourvallais, siège de la chancellerie de France depuis trois siècles. En remontant la rue de Castiglione par une belle matinée du mois de septembre, Paul ne savait pas à quelle sauce grand veneur il allait être mangé par le ministre, éleveur de chiens d'arrêt dans sa maison de Sologne – un homme que tout le monde disait caractériel, colérique, insupportable.

En nage et en avance, Paul s'est arrêté dix minutes sur la place, qu'il avait traversée pour la dernière fois la nuit où il était rentré de chez Marilyn après l'avoir quittée. Ce jour-là, le soleil étincelait sur les carreaux du Ritz et des hôtels particuliers portant toujours des noms de la vieille noblesse française, Ségur ou Gramont. S'il avait vécu au XIXe, époque qui lui serait allée mieux qu'un gant, Paul serait venu dans ce quartier pour s'équiper chez un bottier, un tailleur et un chapelier. Mais il n'y avait plus que des joailliers, et cet intimidant phacochère à interviewer pour un livre à paraître aux éditions Marcillac.

Que connaissait Paul de la carrière de Bianchi ? Rien qui l'enchantât. Né à la Castellane, abandonné très tôt par son père, le garçonnet avait été élevé par une mère courage qui aurait toute sa vie du fil à retordre, ses deux fils aînés passant de fréquents séjours en prison, au plus près de cousins liés au grand banditisme. Moins turbulent, le jeune Albert s'était d'abord distingué dans le trafic de drogues douces, puis dures. Intelligent, très brillant en français et en théâtre, le dealer était venu faire ses études à Paris, où son abattage et sa carrure de fort des Halles n'étaient pas passés inaperçus à Assas. Vainqueur de tous les concours d'éloquence auxquels il participait, premier secrétaire de la Conférence du stage du barreau de Paris, il était un Démosthène baraqué, à l'accent chantant. Avec Maldini et Rascasse, il avait animé un temps un vague réseau de call-girls alimentant les parties fines de leurs fréquentations mondaines des Bains – hobby auquel Bianchi renoncerait quand la police se mettrait à fouiner d'un peu trop près. Il partageait par ailleurs avec Maldini la passion des gros calibres. Mieux né que lui, ancien élève de Janson-de-Sailly, Rascasse lui avait fait découvrir les safaris en Afrique et les chasses en Écosse. Antilopes, chevreuils, sangliers, canards, grouses : il n'y a pas un animal que Bianchi n'aimait taquiner. Il rendait les invitations dans la propriété qu'il s'était achetée près de Cheverny. Après s'être entraîné sur différentes bêtes, il s'était mis à tirer d'autres cibles : les magistrats. Il visait la tête. Resté lié avec le milieu corso-marseillais (il avait le sens de la famille), il détenait le record du nombre d'acquittements obtenus en une année. Changeant son fusil d'épaule au gré des convulsions de la société, il avait quand même ses marottes, dont la défense des truands, des islamistes et des politiques, acteurs et hommes d'affaires accusés de fraude fiscale. Avec l'élégance et la discrétion qui nous caractérisent, nous ne communiquerons pas ici ses honoraires, ni le montant du patrimoine qu'il s'était construit en peu d'années. Nous n'évoquerons pas davantage sa collection de montres de luxe. Ni les cadeaux fastueux reçus des deux chefs d'État africains qu'il conseillait. Pas mal, tout de même, cette rivière de diamants – au fond, il avait trouvé sa voie place Vendôme.

Dans les années 2000, de plus en plus médiatique, Bianchi était cité parmi les personnalités influentes de sa profession. En 2010 et 2011, le magazine *GQ* l'avait élu «avocat le plus puissant de France». On ne pouvait pas passer à côté. Et malgré sa réputation sulfureuse, sa nomination au ministère de la Justice en 2012 avait paru aller de soi. Sept ans plus tard, il était plus fort que jamais.

Paul avait les mains moites en entrant dans la pièce où travaillait ce Danton trempé dans une bouillabaisse, ce Cicéron à la sauce aïoli. Reposait dans un coin le fameux bureau, dit de Cambacérès, en acajou et bronze doré. L'avocat aux mille ruses avait eu autant de maîtresses et de victimes, à la chasse et dans son métier. Quels trophées Bianchi exposait-il? Il n'avait que peu touché à la décoration des lieux, n'y ajoutant qu'une paire de défenses d'éléphant, des bois de cerf et une tête de buffle. Où étaient ses massacres de magistrats? Paul savait que, sous la Révolution, la place Vendôme s'appelait la place des Piques. Pour cette raison aussi ce charognard n'avait pas atterri ici par hasard.

«Café?

— Ça ira, merci.

— Je n'ai qu'une demi-heure devant moi, je vous préviens. Comme vous le voyez, je croule sous les dossiers…

— Je ferai avec le temps que vous daignerez m'accorder.

— Maintenant que vous avez signé votre contrat vous êtes tenu au secret professionnel. Vous êtes prévenu : en cas de trahison, je vous briserai les jambes ! On vous retrouvera ligoté dans le coffre d'une Mercedes. »

Était-ce là de l'humour marseillais ? Emma Roche avait martelé à Paul que rien, *absolument rien*, ne devait fuiter des entretiens qu'il aurait avec Bianchi. Mon ami ne savait pas bien à quoi s'attendre, franchise ou langue de bois. D'un côté, Bianchi n'était pas un bonnet de nuit, il avait fait les quatre cents coups avec Maldini ; de l'autre, derrière son apparence de provocateur, il n'était qu'un précipité du politiquement correct du premier quart du XXIe siècle. Sa grande arme rhétorique était de déclarer que tout avis contraire au sien ouvrait grand la porte au rétablissement de la peine de mort.

« Allons droit au but, comme on dit chez moi : vous êtes là pour m'aider à enterrer le cadavre du Président.

— Pardon ?

— Cette chiffe molle pense qu'il va être réélu en 2022… À d'autres ! On va lui trouer la peau. »

C'était un peu expéditif, aussi Bianchi a tenu à rassurer Paul : il ferait ça discrètement, personne n'en saurait rien. Le ministre savonnerait la planche du Président grâce à leurs amis communs, et pousserait en parallèle sa candidature, en faisant monter le désir des masses laborieuses jusqu'à ce qu'il s'impose peu à peu comme l'homme providentiel.

Il aurait besoin d'un livre pour lancer sa campagne. L'idéal serait de le sortir deux ans plus tard, en septembre 2021, ce qui leur laissait le temps, à Paul et à lui, de préparer la meilleure chausse-trape possible.

« Depuis quand préméditez-vous ça ?

— Je réfléchis par décennies… J'ai ouvert mon cabinet dès 1992, l'année de mes trente ans. De 1992 à 2002, je me suis fait un nom. De 2002 à 2012, j'ai très bien gagné ma vie, une véritable douche de pèze. De 2012 à 2022, j'aurai été ministre. Et à partir de 2022, je serai président !

— Voilà une noble ambition.

— Je suis persuadé que ce n'est rien d'être président, que je serai déçu, mais je veux vérifier par moi-même – c'est mon côté saint Thomas.

— Vous lui ressemblez, c'est indéniable.

— Vous dites ?

— De profil, vous êtes le portrait craché de saint Thomas. »

Bianchi avait eu cette idée de titre pour son livre : *Le Justicier*. Mais Emma n'en avait pas voulu, elle trouvait ça grandiloquent. À la place elle lui proposait *Justice pour tous*. Ils étaient d'accord sur le fond, elle et lui : il y aurait une première partie autobiographique où Bianchi reviendrait sur son parcours, puis une seconde plus politique où il présenterait son programme, avec des mesures concrètes. Lesquelles ? Ça, il ne le savait pas encore. Depuis quand un ministre devait-il avoir des idées de réformes ? Il préférait pour l'heure se concentrer sur les pages les plus personnelles.

Bianchi insisterait sur un point : il était un transfuge de classe. C'était très dans l'air du temps, les transfuges de classe. Difficile de faire plus démagogique. Même les héritiers de la banque et du cinéma prétendaient être des sans domicile fixe. On ne trouvait plus un fils de multimillionnaire qui n'ait pas eu du mal à boucler les fins de mois. Or le ministre, lui, avait vraiment des origines modestes. Il avait trimé pour arriver là où il était. Il faudrait mettre ça en avant, bien forcer le trait. Là-dessus, on enchaînerait sur sa fibre humaniste. Paul avait-il lu le long papier dans *Le Parisien* où Bianchi visitait des détenus à Fleury-Mérogis ? Il y avait aussi eu un bon reportage sur France 2, où un taulard pleurait dans ses bras – ce salaud avait taché son costume, enfin ç'avait donné de belles images… Bianchi n'était pas un de ces élus qui vivent dans leur thébaïde. En tant qu'avocat, il avait toujours fait un avec la crasse de l'époque. Il n'avait jamais jugé personne, étant du côté de la défense. Les gens n'allaient plus à la messe, ils n'étaient plus syndiqués non plus, mais ils seraient sensibles à ce fond de sauce coco catho, à la fois père des peuples et petit frère des pauvres…

« Je vois que votre discours est très abouti. Il reste quand même deux points que j'aimerais éclaircir.

— Je vous écoute.

— Premier point : que reprochez-vous au Président ?

— Il est trop techno, bourge, froid – il est aimable comme une porte de prison, et je m'y connais. Vous l'avez déjà vu au Salon de l'agriculture ? Un flamant rose n'est pas crédible à côté de vachettes. Et c'est une catastrophe dès qu'il pose un pied en banlieue : cette godiche ressemble à un œuf de Fabergé. Nos institutions sont fragilisées depuis des lustres par un défaut d'incarnation. La République doit se faire chair. Je ferai don de mon corps à la France ! »

Ce qui amenait Paul au second point : tout le monde se souvenait de la tribune tonitruante que Bianchi avait publiée dans *Le Monde* en 2017, celle où il déclarait que ne pas voter pour l'actuel Président, ce serait comme rétablir la peine de mort – tribune reprise à l'envi sous forme d'entretiens à la télévision, à la radio, et dans *Le Figaro*, *Le Point*, *L'Obs*, le *JDD*, *Paris Match*, *Valeurs actuelles*, partout… Comment pourrait-il le lâcher cinq ans plus tard sans passer pour une girouette ?

« Oh, les électeurs sont comme des crêpes : et hop, on les retourne. J'ai pour moi l'art de l'argumentation. Et notre pays a besoin d'un père. Pas d'un ectoplasme, mais d'un homme, un vrai.

— Plus que les traits de saint Thomas, vous avez, il est vrai, l'allure de François Ier.

— Un grand roi républicain, voilà ce que la France attend et que les sondages sont incapables d'annoncer… Un mélange de François Ier et de

Léon Blum, un homme qui offre à la fois les châteaux de la Loire et les congés payés. C'est ça que veulent les petites gens. Et ce sont eux que l'on va braquer, saucissonner, bâillonner, cambrioler : les petites gens ! Ces gens-là, le Président ne sait pas leur parler. »

Le matamore populiste vous fixait de l'air hargneux des hypnotiseurs. Et comme tous les voyous qui ont le gangstérisme dans le sang, il parlait avec le doigt tendu.

Quand Paul m'a rapporté ce rendez-vous, en toute confidentialité bien sûr, je lui ai raconté que, entre tous ses projets de livres jamais menés à terme, Maillot s'était lancé quelques années auparavant dans une biographie non autorisée de Bianchi. Il avait hésité entre *Barreau noir* et *Le Droit du plus fort*, avant de choisir comme titre *Un avocat pas si droit – Contre-enquête sur Albert Bianchi*. Les menaces reçues de la part du garde des Sceaux l'avaient refroidi, les appels anonymes en pleine nuit ne l'avaient pas rassuré, et sa flemmardise d'éternel velléitaire avait condamné dès le troisième chapitre un manuscrit qu'il annonçait riche en révélations.

Si je reparle de Maillot, c'est parce qu'il a disparu peu après, fin 2019. Il est mort comme il avait vécu : d'une rupture d'anévrisme au restaurant. *Avant-garde* n'avait plus ses bureaux dans l'hôtel de Bourrienne, les temps étaient devenus difficiles, et Maillot fêtait une fin de bouclage homérique autour d'un déjeuner bien arrosé quand il s'est écrasé dans son assiette. Avec lui s'éteignait pour de bon la presse indépendante.

Avant d'être incinéré, Maillot a eu droit à une cérémonie laïque sous la coupole néo-byzantine du crématorium du Père-Lachaise. J'ai revu d'anciens visages d'*Avant-garde*. Lusignan tremblait de froid malgré son loden. Archambaud est revenu pour l'occasion de son exil corse. Il ressemblait plus que jamais à un vieux capitaine, un explorateur chez lui dans le silence et les mers lointaines. Au vu de l'importance qu'il avait eue dans ma formation intellectuelle, l'événement était comparable au retour de Napoléon pour les Cent-Jours. Sauf qu'Archambaud n'a fait qu'un passage éclair à Paris. Il a lu un texte poignant sur sa rencontre avec Maillot, les rêves qu'ils avaient partagés dans leur vingtaine, ce pour quoi ils s'étaient battus pendant toutes ces années avec conviction et drôlerie, Maillot n'étant pas du bois sec dont on fait les éditorialistes de cour. À la fin de la cérémonie, l'amiral Archambaud n'a salué personne. Où était-il passé ? Il a fallu se rendre à l'évidence : il avait filé prendre le premier avion pour Calvi.

J'avais vu s'envoler les chimères de ma vingtaine et je fonçais vers la quarantaine sans m'être accompli outre mesure. Nous étions bien avancés, Paul et moi : il avait voulu devenir quelqu'un, c'est-à-dire quelqu'un d'autre, et la métamorphose n'avait pas marché ; pendant ce temps-là, je m'étais encroûté.

Pourquoi ne cherchions-nous pas la lumière dans des livres de développement personnel ?

Aux éditions Marcillac, voilà qui tombait bien, on misait de plus en plus sur cette manne éditoriale. De 2019 à 2021, bien que mal dans sa peau, Paul a beaucoup écrit sur le bien-être, ce nouveau filon. Il y avait ce lanceur d'alerte dans le vent, un tout petit sapajou, coiffé d'une casquette de baseball, qui condamnait les lobbies pharmaceutiques et proposait à la place des traitements révolutionnaires à base de poudres de perlimpinpin de son invention. Il y avait aussi cette prof de yoga inspirante, ce stimulant psychanalyste New Age, ou encore ce très beau chef de secte féru de neurosciences dont la pensée positive faisait fondre les cœurs. Les éditions Marcillac écoulaient des centaines de milliers d'exemplaires de ces guides à ne surtout pas suivre qui avaient le mérite de payer les salaires de la maison d'édition. Comme me l'a dit Paul un jour, navré de bourrer le crâne des gens de toutes ces sornettes :

« Le monde des lettres ne jure plus que par les chiffres. »

À force de se mettre dans la tête de tous ces gourous, il en avait pris l'art du slogan. Il n'avait ni les jambes fuselées de la prof de yoga, ni le catogan du psychanalyste New Age, ni le sourire fluoré du chef de secte. Il se plaignait d'une sciatique, d'acouphènes et de saignements de nez. Il était paradoxal de voir un cocaïnomane aussi désespéré se démultiplier en tant que spécialiste santé. Qui étaient ses lecteurs ? Si ces brebis égarées l'avaient vu jeter au hasard fariboles, fausses promesses et mots magiques dans des pages en gros caractères qui décomplexaient les presbytes, ils auraient peut-être pris moins au sérieux les pistes de réflexion qu'il leur ouvrait dans les domaines bienfaisants de la spiritualité, de l'ésotérisme et du footing.

Paul s'était lancé dans un gymkhana sans fin. Malade, blême, il me ressortait toujours la même excuse, la même bouée de sauvetage, ou plutôt le même radeau : tous ces boulots alimentaires, c'était l'écume, il remplissait des carnets de notes sur ce qu'il observait chez les grands de ce monde, un jour il publierait *Les Hautes Sphères*, un roman satirique dans lequel il entendait « nettoyer les écuries d'Augias de la société en général et de la littérature française en particulier ». Je le revois chez lui, assis dans son salon devant sa bibliothèque à échelle. Il s'était mis à boire de la vodka toutes les nuits pour tenir le coup. Parfois, il perdait un peu de sang. Il roulait alors un coton qu'il se mettait dans la narine. Là-dessus, il recommençait à parler, ivre, avec son machin blanc taché de rouge lui pendouillant du nez, l'air frappé par la folie.

Écrire le livre-programme de Bianchi le minait. Une association de malfaiteurs : voilà à quoi il avait le sentiment de collaborer. La contrefaçon intellectuelle de trop. Or il n'avait pas que ce chantier en retard. Depuis *La Résilience*, en 2017, il n'avait plus bricolé de roman pour Rossi. Son public piaffait, et de nos jours la patience s'épuise vite : l'attendrait-il encore longtemps ? D'autres auteurs de best-sellers avaient décollé dans le classement des meilleures ventes. Rossi n'était pas assuré de reprendre la première place, jadis acquise. Sa date de péremption approchait et son retour pressait, avant qu'il ne tombe irrémédiablement dans l'oubli. Entre le manuscrit du tonton flingueur de la place Vendôme et ceux des gourous du bonheur préfabriqué, Paul s'est donc attelé au nouveau Rossi début 2021. Sauf qu'il n'y arrivait plus. Plus aucun jus.

Un soir de vodka, son coton dans le nez, mon ami m'a assuré avoir trouvé la solution. Il allait bâcler un mauvais roman sentimental, un mélo dont il avait déjà le titre : *Les Grands Brûlés de l'amour*. Il y mettrait à profit tout ce qu'il avait appris en explorant le développement personnel. Les lecteurs ne réclamaient que ça : des câlins.

« Tu as une tête de coach !

— Moque-toi, vas-y… *Les Grands Brûlés de l'amour* sera le roman-doudou de l'an prochain. Le nounours littéraire que les gens prendront dans leur lit pour dormir en paix. Ils feront de beaux rêves. Pour un livre acheté, un pyjama offert. Rossi se verra décerner le prix Peluche, à défaut du Pulitzer ! »

Paul avait envie de s'amuser. Il comptait découper des paragraphes dans des vieux romans à l'eau de rose, type Barbara Cartland ou Danielle Steel, et les coller dans *Les Grands Brûlés de l'amour*. Il pariait que Rossi, l'équipe de Marcillac, les critiques et les lecteurs n'y verraient que du feu. Personne à part nous ne saurait jamais que le best-seller de 2022 était composé de pièces détachées. Ce serait une sorte de délire postmoderne, de l'art contemporain – une performance !

« Prudence…

— Pardon ?

— Avec ta performance, Paul : prudence. Si tu te fais pincer, ça peut être la fin de ta carrière dans l'édition…

— Certains jours je n'en ai plus rien à faire. J'en ai marre de Marcillac. Je me tirerais bien une balle dans le pied. »

18.

Un picaresque Icare

Le kamikaze a mis son plan à exécution et les événements se sont précipités, jusqu'à entraîner sa chute.

En septembre 2021, pourtant, rien ne laissait présager que six mois plus tard Paul ne serait plus de ce monde. *Justice pour tous* a été l'événement de la rentrée politique. On a vu Bianchi dans tous les journaux, sur tous les plateaux. Il avait minci, s'efforçait de gommer son côté croque-mitaine. Le fourbe sachant arriver à ses fins en temps et en heure, il n'attaquait pas frontalement le Président : officiellement, ce dernier restait son candidat, lui-même ne s'envisageant que comme un recours en cas de coup dur. Il avait le sens de l'État et n'aspirait qu'à servir la France, assurait-il à longueur d'interviews.

Ici et là, on murmurait que le Président serait rattrapé par « les affaires ». Lesquelles ? Personne n'en savait rien, mais c'était du lourd. Du très lourd. On inventait des épées de Damoclès, des bombes à retardement, tout un arsenal explosif.

À la fin de l'année, rien n'avait encore sauté. C'est dans la vie privée de Bianchi que quelque chose s'est brisé. Sa femme, qui se déplaçait à vélo dans Paris et roulait sans casque, a été renversée par une camionnette à une intersection. Elle était dans le coma en arrivant aux urgences, où elle a succombé à un traumatisme crânien.

Franco-anglaise de naissance mais baptisée dans la foi catholique, Louise Astor a été enterrée à Saint-Roch la veille de Noël. L'église était pleine à craquer : un rassemblement mondain comme on n'en avait plus vu depuis les funérailles d'Octave Marcillac à Saint-Sulpice en 2014, avec un casting aussi bien étudié que lors de la garden-party du ministre. Une subtile salade composée, cuisinée à base de grosses légumes du gouvernement et du showbiz, et assaisonnée juste comme il fallait de banquiers d'affaires et d'avocats, de philistins engagés, de dames sans âge défendant principalement la cause de la chirurgie esthétique et de traîne-patins sans étiquette claire. Grâce à toutes ces punaises de sacristie, l'ambiance était des plus recueillies.

Au début de la messe, Bianchi a pris la parole. Il s'est humblement incliné devant l'autel, en grand chrétien. Puis, d'une voix trop posée pour être honnête, il a lu quelques mots. Coutumier des plaidoiries pleines d'excès, il a fait preuve cette fois-ci de sobriété pour saluer celle à laquelle son cœur était demeuré fidèle. Louise, cette «épouse exceptionnelle», le restait dans son cercueil de supporter un speech pareil. Ne valant pas moi-même mieux qu'un faux dévot, je ne juge pas – mais avouons que des remugles de mariages morganatiques montaient aux narines. Roi-Soleil de la place Vendôme, braconnier chassant les favorites lors de ses heures de temps libre, Bianchi aimait les Montespan et les Maintenon. Dans les femmes de l'assistance, combien avaient été, étaient ou seraient ses maîtresses? La maîtresse de maison n'étant plus de ce monde, certaines espéraient une promotion. Elles seraient lésées. Car tout en déroulant son oraison funèbre en comédien rodé, Bianchi se léchait les babines : il pensait avec fièvre à cette affriolante chanteuse espagnole que Maldini lui avait présentée quelques mois plus tôt, et avec qui il vivait une passion à laquelle il allait enfin pouvoir s'abandonner tout entier. C'est pour elle plus que pour la présidentielle qu'il avait perdu du poids – elle lui avait offert un maillot de bain, or il n'y entrait pas. Il serait excessif de dire qu'il sculptait son corps, qu'il aurait d'ici peu une tablette de chocolat en guise d'abdominaux, enfin ses bourrelets réduisaient. Quel été torride il passerait avec sa chanteuse au fort de Brégançon! Fraîchement élu à la magistrature suprême, il mettrait à profit l'état de grâce des cent premiers jours pour lui étaler de la crème solaire dans le dos. Ça le changerait de ses dossiers. Les réformes attendraient! Il s'en tamponnait le coquillard, de la gronde sociale. Puis viendrait la douceur de l'automne, les week-ends au pavillon de la Lanterne, les siestes crapuleuses après des marches en forêt. Sa chanteuse lui fredonnerait des polissonneries au palais de l'Élysée et, lors de ses déplacements, dans l'avion présidentiel. Son mandat serait, comme on le voit, consacré aux Françaises et aux Français de métropole et d'outre-mer. Et qu'on ne vienne pas lui reprocher de ne pas respecter le deuil. Bianchi se moquait des conventions, de même qu'il ne craignait pas les paparazzis – eux avaient des appareils photo, lui des fusils.

La trêve hivernale fut tout aussi agitée pour Paul. Le nouveau livre de Patrick Rossi devait sortir début janvier. Quelques critiques avaient déjà lu *Les Grands Brûlés de l'amour*. Hélas pour les éditions Marcillac, Diane Dargaud était de ceux-là…

Diane Dargaud avait fait ses armes dans le journalisme d'investigation avant d'appliquer ses méthodes de travail au milieu littéraire. Ce fin limier avait une spécialité : la chasse aux plagiaires. Par des papiers implacables parus dans *L'Express*, *Le Monde* et *Paris Match*, journaux auxquels elle collaborait en free-lance au gré de son humeur, elle avait déjà fait tomber un ministre de la Culture, deux philosophes médiatiques, une romancière à succès et un ancien présentateur star du journal de vingt heures dans un article qui commençait ainsi :

« Le garçon coiffeur de la littérature grand public n'avait pas que des implants capillaires. Ses romans aussi étaient pleins de greffes. Nous les avons passés au peigne fin. »

Le malheureux s'en était arraché les cheveux. Et dire qu'il ambitionnait de se présenter à l'Académie française au moment de la retraite ! Diane Dargaud, comme toute la profession, trouvait ridicule l'œuvre de Rossi. Elle avait par ailleurs toujours sa grand-mère, une nonagénaire qui perdait la vue. Pourquoi je raconte ça ? J'y viens... Le samedi et le dimanche, Diane allait faire la lecture à sa grand-mère. La vieille dame ne jurait que par Danielle Steel et Barbara Cartland. Par ricochet, Diane connaissait bien le style des deux rombières. En feuilletant *Les Grands Brûlés de l'amour*, elle a d'abord pensé à un pastiche avant de reconnaître deux pages qu'elle avait lues à sa grand-mère un an auparavant... Ç'a fait tilt. Le scoop étant un plat qui se mange froid, elle a attendu d'être sûre que les deux cent mille exemplaires du premier tirage des *Grands Brûlés de l'amour* étaient bien sortis de l'imprimerie avant d'agir. Elle n'ignorait pas que Rossi avait un collaborateur, mais n'avait jamais voulu savoir son nom. Quelques coups de fil l'ont menée à Paul, désœuvré alors qu'il venait de terminer une bouteille de vodka.

« Allô ?

— Bonjour, Diane Dargaud au téléphone. Je travaille pour plusieurs titres de presse.

— C'est une blague ?

— Comment ça ?

— Je vous dis ça parce que je vois très bien qui vous êtes… Diane Dargaud, la Mata Hari du journalisme littéraire ! Je suis ravi de vous entendre. Quel bon vent vous amène ?

— De mauvaises nouvelles pour vous, j'en suis désolée.

— Mais encore ?

— J'ai lu *Les Grands Brûlés de l'amour*.

— Ça ne vous a pas plu ?

— Là n'est pas le débat.

— Je ne suis pas d'accord : il faut en discuter. La guerre du goût, voilà qui mérite qu'on prenne parti. Qu'est-ce qu'un bon livre ? Qu'est-ce qu'un mauvais livre ? Ce roman n'a pas l'ambition d'être du Tolstoï, mais qui aime vraiment Tolstoï ? Qui passe vraiment son temps libre plongé dans Tolstoï ? Qui éteint son téléphone pour ne pas perdre une miette de la prose de cet éreintant barbu ? Soyez sincère, chère Diane : avez-vous déjà lu en entier *Guerre et Paix* ?

— Oui. Et j'ai lu trois fois *Anna Karénine*.

— Touché… Bon, Rossi n'a pas l'ambition d'être Tolstoï, j'en conviens, mais reconnaissez de votre côté que le twist final vous a surprise. Ce Rossi frappe fort.

— Rossi ou vous ?

— Quelle question ! Vous pensez bien que Rossi serait incapable d'une telle trouvaille narrative. Il faut avoir un cerveau pour accoucher d'une idée pareille. Rossi n'est qu'un âne bâté.

— Vous êtes donc le véritable auteur ?

— Affirmatif !

— Pas de chance pour vous : il se trouve que je connais les livres de Danielle Steel.

— Et alors ?

— J'ai reconnu un long passage que vous avez recopié dans son roman *Forces irrésistibles*.

— C'est pas mal, non, *Forces irrésistibles* ? Je veux dire : comparé à Tolstoï, ça tient la route.

— Je ne vous appelais pas pour qu'on se lance dans une querelle critique, mais pour vous parler de ce plagiat.

— Oh, il n'y a pas que ce remarquable extrait de *Forces irrésistibles*… J'ai aussi piqué pas mal de trucs à Barbara Cartland. Cela vous plaît peut-être plus. Connaissez-vous son roman *L'amour sera notre refuge* ?

— Vous êtes quelqu'un d'étrange…

— Pourquoi donc ?

— Je vous appelle pour vous annoncer que je prépare un article qui va vous poser des problèmes, et vous ne vous défendez pas, vous allez jusqu'à vous livrer…

— Rien n'est grave. Et puis qu'est-ce que j'en ai à faire, au point où j'en suis…

— Au point où vous en êtes ?

— Ça ne va pas du tout dans ma vie.

— Je ne tombe peut-être pas au bon moment, pardonnez-moi. Voulez-vous que je vous rappelle un peu plus tard ? Demain matin par exemple ?

— Au contraire, j'ai besoin de parler à quelqu'un… Mais je déteste le téléphone. Si vous voulez des infos, passez plutôt chez moi? J'ai encore de la vodka au frais. »

Diane Dargaud a enfourché son scooter pour filer cité de Varenne – ce Beuvron ne lui semblait pas dans son état normal, il fallait battre le fer tant qu'il était ivre. En homme élégant qui prépare sa sortie, Paul lui a avancé un fauteuil et servi un verre. Elle est repartie de chez lui avec sur son dictaphone trois heures de bande où il déballait toute la vérité sur son travail avec Rossi et avec les autres. La seule chose qu'il lui avait demandée, c'était de ne se servir dans un premier temps que de ce qui avait trait à Rossi – et du reste plus tard.

Début janvier, *L'Express* en a fait sa couverture, avec dos de kiosques dans tout Paris : « Patrick Rossi, le best-seller qui n'écrivait pas ses livres. »

À l'intérieur du journal, sur six pages, le nègre vidait son sac… Paul racontait en toute honnêteté comment il avait signé son premier contrat avec les éditions Marcillac : il était à découvert et ne savait pas comment payer son loyer, n'ayant plus envie d'être prof en banlieue. Patrick Rossi, pour lui, n'avait été qu'une espèce de grosse machine à sous. Et s'il jouait au casino? Au fil des livres, il s'était rendu compte qu'il avait signé un pacte faustien – ce qui l'amusait au début l'avait déçu, puis débecté. Dans un milieu éditorial de plus en plus régi par les lois du capitalisme, il avait eu l'impression d'être le rouage d'une entreprise de faux-monnayeurs. Un jour, il était allé à l'imprimerie Floch : il avait vu sa camelote sortir par palettes entières des rotatives. Il collaborait à l'industrie de l'abêtissement de l'Occident. Il enlaidissait les esprits. Il avait été envahi tout entier par un profond sentiment de honte. Pourquoi avoir glissé des plagiats dans *Les Grands Brûlés de l'amour*? Pour voir si quelqu'un lisait encore? Il avait agi comme tout homme qui n'a pas le courage de démissionner et commet une faute grave pour se faire virer. Il méritait une bonne paire de gifles.

Celle-ci a commencé par une sonnerie de téléphone. Le nom d'Emma Roche s'est affiché sur l'appareil. Il n'était que dix heures du matin, mais Paul était déjà saoul.

« Allô Emma ? Quelle surprise !

— Étonnamment, tu as une bonne voix… Tu fais tes petites saloperies dans le dos des gens, puis tu leur parles avec une intonation de premier communiant.

— Je me sens bien, oui… Je m'apprêtais à sortir faire mon sport. J'ai pris la bonne résolution d'aller aussi souvent que possible à la piscine. Comme toi. Tu es un exemple pour moi, Emma, tu le sais ?

— C'est comme ça que tu traites les imbéciles qui te font vivre ? Avec tout le pognon que les éditions Marcillac t'ont filé depuis plus de dix ans… Monsieur se réveille et se rachète une conscience. Et avec quel argent ? Quel concurrent t'a payé pour nous cracher dessus ainsi ? Tu mords vraiment à tous les râteliers.

— Tout ne s'achète pas, Emma… Je me suis rappelé que je ne suis pas à vendre, et que je me suis trop bradé. Les soldes sont finies ! Ce que je raconte sur la fabrique des best-sellers, les manipulations des uns et des autres, il était temps que ça sorte, non ? Et le papier est marrant !

— Ça te fait rire ?

— C'est salutaire, comme disent les illettrés. En confessant nos péchés, j'ai peut-être sauvé nos âmes. Il ne nous reste plus qu'à recevoir l'absolution. On ira tous au paradis !

— Mais comment je vais m'en relever, moi ? Tu y as pensé ? Enfoiré ! J'espère pour toi que tu as un bon avocat.

— J'ai le meilleur : Bianchi !

— Je vais te faire mordre la poussière. Tu peux réserver ton cercueil : tu es un homme mort.

— J'espère bien. »

L'éditrice n'a pas eu besoin d'engager un tueur à gages : Paul a su mourir tout seul. Mi-février, nous avons appris son suicide. Diane Dargaud a dégainé le surlendemain en faisant paraître dans *Le Monde* la nécrologie dont j'ai parlé dans l'avant-propos de ce livre. Qu'un tel pourvoyeur de développement personnel en vienne à mélanger l'alcool et les médicaments, c'était bien la preuve que cette littérature n'était qu'un tissu de mensonges… Diane Dargaud dévoilait le reste de la conversation qu'elle avait eue avec Paul cité de Varenne, et notamment qu'il était le prête-plume de Bianchi, l'auteur de *Justice pour tous* et de tous les derniers discours phares du ministre – ce que je ne savais pas moi-même.

Quelle situation embarrassante pour le viandard de la place Vendôme ! Accumuler les cadavres n'est pas bon dans le cadre d'une campagne. Entre celui de sa femme et celui de Paul, ça en faisait deux en deux mois. Personne n'avait moufté lors de la mort de Louise Astor, mais là la presse se posait des questions… Rumeurs et peur sur la ville. Quand on connaissait les liens historiques unissant Bianchi au grand banditisme, ses amitiés chez les malfrats et ses réseaux les plus crapoteux, on ne pouvait pas ne pas s'imaginer des horreurs. Son épouse et sa plume : voilà deux personnes bien placées pour recueillir confidences et secrets d'État. Et donc devenir gênants en cas de brouille. On disait que les disputes étaient monnaie courante villa Montmorency, que le divorce planait depuis longtemps au-dessus du ménage Bianchi. En même temps, ça paraissait gros de liquider les gens comme ça…

Pendant quinze jours la population entière a retenu son souffle, guettant fébrilement la parution du *Canard enchaîné* pour voir si s'y trouverait la révélation qui tue. Pas de scoop à la une. Le Président tardait à sortir du bois, et Bianchi était resté jusque-là en embuscade, au cas où il réussirait à le faire tomber. Sauf qu'à l'ère du soupçon permanent, sa position n'était plus tenable. Dans les sondages d'opinion, sa cote de popularité a fondu plus vite que lui. Seul le soir en caleçon face à la glace de sa salle de bains, Bianchi a compris qu'il ne pouvait qu'abdiquer, tant au sujet de sa ligne qu'à celui de la course à la présidentielle. Malgré ses efforts, et même en rentrant le ventre, il n'avait pas le corps d'une statue grecque, mais un torse en guimauve, ramolli, démoli, sénatorial, pompidolien. Il devait renoncer à l'Élysée et, plus grave pour la France, donc pour lui, à ses vacances au fort de Brégançon…

Début mars, à la télévision, le Président s'est enfin déclaré officiellement candidat à sa réélection. Puis, par un long entretien ahurissant qui a fait la couverture du *JDD*, Bianchi a annoncé son soutien à cet « homme d'État » qui lui inspirait « une admiration absolue ».

Nos concitoyens sont passés à autre chose.

Pas moi.

19.

La vérité sur l'affaire Paul Beuvron

L'envers de cette histoire n'a rien à voir avec la basse politique, les palais de la République, le couple franco-allemand… Il ne s'agit que d'une histoire d'amour plus discrète, qui a joliment commencé et nettement moins bien fini.

J'en ai découvert la trace en épluchant le journal intime de Paul et en décryptant avec beaucoup de mal des brouillons de lettres, aphorismes réunis sous le titre *Les Cerceaux enflammés* et autres bribes écrites à la main en pattes de mouche. Tâchons de respecter la chronologie et revenons un poil en arrière.

En juin 2020, Bianchi a invité Paul à dîner villa Montmorency. Mon ami s'est retrouvé placé à la droite de l'épouse du ministre. Universitaire de renom, Louise Astor enseignait la littérature anglaise à la Sorbonne. Elle avait soutenu une thèse de doctorat sur les sœurs Brontë et publié chez Gallimard une poignée de livres que les bons lecteurs tenaient pour essentiels, mais qui n'avaient pas rencontré le grand public, au goût déformé par les romans de Rossi. Dans le désordre : un essai sur Jonathan Swift, une balade littéraire dans le Dublin de James Joyce, les biographies définitives de Natalie Clifford Barney et P. G. Wodehouse, un beau livre sur Sissinghurst, le domaine fabuleux de Vita Sackville-West, deux recueils de poèmes et un roman fantaisiste où elle imaginait une suite au *Portrait de Dorian Gray*... Paul n'en avait encore ouvert aucun. Quelle ne fut pas sa surprise d'apprendre que, de son côté, Louise connaissait *Le Roman national*.

« Quel livre ! Je l'avais lu à sa sortie. Une merveille à laquelle personne n'avait rien compris, comme toujours. Du pain pour un siècle entier de littérature, comme disait l'autre. Je vous avais écrit une longue lettre de félicitations à l'époque, avant de renoncer à vous l'envoyer – je ne sais plus pour quelle raison.

— Vous allez me faire rougir.

— Pardon d'être moins douce, mais qu'avez-vous fait de ce don poétique qui était le vôtre ? J'attendais votre second roman depuis dix ans quand un beau jour, au petit déjeuner, Albert m'a dit qu'un certain Paul Beuvron allait écrire son livre. Quelle idée ! C'est absurde. Et même grotesque. Vous valez mieux que ça.

— Il faut bien vivre.

— Certes, mais si cela tue votre talent ? Si cela vous tue *vous* ? »

Ces premiers échanges ont suffi à tourner la tête de Paul. Ils ont passé le reste du dîner à discuter et à rire, les autres convives n'existant plus. Mon ami tenait comme moi l'art de la conversation pour l'une des choses les plus sensuelles qui existent en ce monde, quand se noue d'emblée une évidente complicité. Plutôt que de coup de foudre, il parlait dans son journal de « révélation », à la manière des gens perdus quand ils sont soudain touchés par la grâce. En quelques phrases, quelques regards, Paul a senti que cette drôle de dame tiendrait une place cruciale dans sa vie – mais laquelle ? Il n'y avait pas encore entre eux une véritable alchimie, mais déjà une électricité particulière, pleine de promesses. Louise était née à Londres en 1968, elle avait donc dix-sept ans de plus que lui. Si l'on se fie à la nature, cette quinquagénaire aurait pu être sa mère, ce qui avait de quoi le troubler, qui plus est car cela répétait son histoire avec Charlotte, comme une variation sur un même thème, lequel l'avait déjà fait souffrir.

Élégante sans ostentation, fine et pimpante, à la fois gouailleuse et distinguée, Louise n'avait pas vraiment d'âge, ou alors Paul avait décidé d'en faire abstraction. De nombreux fils d'argent parcouraient ses cheveux blonds, des ridules partaient de ses yeux verts, sa peau pâle était tavelée de taches de rousseur, ainsi que de vieillesse dans le bas du cou et sur les mains – mais Paul ne voulait y voir que des taches de rousseur. Il n'y avait rien à faire. Elle avait ce sourire en coin qu'il n'avait connu que chez Charlotte, quand elle se levait du canapé et l'invitait à danser dans sa maison de Rueil. Il trouvait un charme fou à son espièglerie, preuve de liberté d'esprit. Il ne savait pas ce qu'était le féminisme, il pensait juste qu'aimer avant tout chez une femme son intelligence et son humour était le meilleur moyen d'avoir des relations équilibrées. Tout cela était peut-être insensé, sans doute inconvenant, mais l'attirance a ses raisons que la raison ignore.

À la fin du dîner, n'osant pas demander directement son numéro à Louise, Paul est allé trouver Bianchi. Déjà enivré par la présence de sa voisine, il avait en plus un peu trop bu (champagne, bourgogne, vieille prune de Souillac), ce qui l'a aidé à raconter n'importe quoi.

«Je suis content des premiers entretiens que nous avons menés ensemble, mais à la réflexion je me demande si…

— Que vous demandez-vous ?

— Vous allez me trouver intrusif, arrêtez-moi si je vais trop loin, mais ce serait sans doute bien que je passe un peu de temps avec vos trois enfants et votre épouse.

— Et pourquoi donc ?

— Vous savez à quel point je suis sérieux et pointilleux – on me reproche même souvent mon application et mon investissement.

— Venez-en au fait, s'il vous plaît. J'ai une grosse journée demain, j'aimerais aller me coucher…

— Vous voulez que nous donnions à votre récit un ton personnel, sensible – oserais-je dire : *stendhalien*. Mais malgré toute mon empathie je ne suis pas dans votre peau ! Pour vous comprendre, pour épouser votre pensée et faire corps avec votre moi profond, je me dois de m'imprégner de votre environnement.

— De mon environnement ?

— De votre monde. Ou plutôt : de votre univers, de ses planètes et de leurs nombreux satellites… De la galaxie Bianchi !

— Eh bien soit ! Inutile de faire de la poésie, cher ami, vous n'aviez qu'à me demander le portable de ma femme. Le voici. »

Il est plus facile de sonder l'âme d'un écrivain que celle d'un ingénieur ou d'un cordonnier : ses livres sont là pour ça. Paul a commandé tous les titres de Louise. Les ayant reçus, il s'est enfermé une semaine au calme cité de Varenne pour les lire avec délectation. Il a été ému par ses poèmes, amusé par sa réécriture du *Portrait de Dorian Gray*, surpris par l'ironie dévastatrice de son essai sur Swift – charmé dans tous les cas.

La connaissant mieux, il a pris son courage à deux mains et l'a enfin appelée… pour lui proposer de parler d'Albert. Ils se sont vus en début d'après-midi dans un café désert vers Auteuil. Paul trouvait à ce quartier de Paris un parfum d'arrière-saison qui accentuait à ses yeux l'onirisme d'un rendez-vous galant grimé en palabre éditoriale. Il n'était pas sûr d'être là, ni que ce moment existait vraiment. Au bout de deux heures d'un interrogatoire très pointu sur le ministre de la Justice (sa jeunesse, sa personnalité, la suite de sa palpitante carrière), Louise a souri.

« Est-ce que ça vous intéresse vraiment ce que vous me demandez là ?

— Ça me passionne, évidemment. Grâce à vos lumières j'arrive à percer le mystère de votre mari.

— Arrêtez... Il est clair à vous voir que vous n'en avez strictement rien à secouer ! »

Il devait être seize heures et quelques. Louise a suggéré à Paul qu'ils fassent un bout de chemin ensemble. Aucun des deux ne savait où l'autre allait. Alors ils ont remonté l'avenue Mozart, ont bifurqué à gauche, chaussée de la Muette, et ont rejoint le Ranelagh, où ils ont tourné en rond pendant trois heures qui ont filé en un quart d'heure chrono. Cette seconde interview a beaucoup plus plu à Paul que la première. Il a questionné Louise sur ses livres, sa famille, son enfance en Angleterre ; il a appris qu'elle était arrivée en France au lycée quand son père y avait été muté, puis qu'elle avait fait ses études à Paris, ville qu'elle n'avait plus quittée. Elle avait rencontré Albert l'année de ses vingt-six ans. Elle avait vite (trop vite ?) épousé cet avocat à qui on prêtait un grand avenir. Ils avaient eu une fille, puis des jumeaux, qui avaient tous quitté la maison, l'aînée pour travailler à New York, les cadets pour finir leurs études à Londres. Louise était gaie, vive et narquoise. Comme lors de ce dîner un peu irréel où Paul l'avait rencontrée, ses paroles l'enchantaient. Ils se renvoyaient la balle avec le plus grand naturel. Ils avaient l'impression de jouer au tennis sur le court central de Wimbledon. Le public avait quitté les gradins depuis longtemps, le cinquième set n'en finissait pas, il aurait fallu un orage ou la nuit pour interrompre cette finale d'anthologie. Aucun arbitre n'est intervenu, mais ils se sont aperçus qu'il était bientôt vingt heures. Louise devait rentrer. Paul l'a raccompagnée jusqu'à la villa Montmorency. En la voyant s'y engouffrer il n'aurait pas su définir ce qu'il ressentait : un mélange de joie et de nostalgie, de soulagement et de fatalité.

Ce ne fut pas leur dernière balade. Ils prirent l'habitude de se voir deux fois par mois et déambulèrent ainsi au parc Monceau, aux Tuileries, sur les quais, et même dans des cimetières, ceux du Père-Lachaise et du Montparnasse. Toujours au milieu de l'après-midi, à des heures où les gens normaux sont au bureau, ce qui plaçait leur relation en dehors du temps. Piquante dans ses livres, prévenante en privé, Louise réunissait parfois ces deux traits de caractère par une flèche qui touchait Paul en plein cœur : elle lui disait et lui redisait qu'il était en train de passer à côté de sa vie. Il était trop jeune pour se laisser dépérir. Il avait mis pas mal d'argent de côté avec Rossi et les autres, les rappeurs, les gourous… Pourquoi ne prenait-il pas une année sabbatique afin d'écrire pour lui ? Elle ne voulait en aucun cas le brusquer, encore moins le blesser. Mais elle le sentait malheureux, et c'était pour son bien si elle insistait ainsi.

Alors Paul rentrait penaud. Car il avait beau essayer, il ne trouvait plus la source en lui. Pas de second souffle dans ses poumons. À trop faire le perroquet, il avait perdu sa fraîcheur. À force de s'effacer derrière les autres, il s'était comme désincarné. De ses doigts de pianiste il tapait sur un clavier sec, d'une âme morte. Plus rien d'honnête et d'original ne sortait de lui. Il ne pourrait pas être à la hauteur de Louise. L'angoisse le saisissait alors tout entier. Il rangeait son ordinateur, ses stylos et ses feuilles de papier. À la cuisine l'attendaient ses bouteilles de vodka.

Que ressentait Louise ? Malgré ses blocages, et cette forme de froideur qu'avait accentuée la cocaïne, Paul avait quelque chose en plus : un esprit particulier. Elle devait se sentir flattée de plaire à un homme plus jeune, même si l'âge n'existe pas dans ces cas-là – Paul lui-même avait l'impression de rajeunir et d'avoir à nouveau dix-huit ans.

Bouleversé par cette passion qu'il taisait et repoussait, mon ami avait des visions qui revenaient dès qu'il se promenait seul et se laissait aller à la flânerie. Il rêvait d'une vie à deux avec Louise dans un cottage, un quotidien fait de porridge, de vieux plaids à carreaux et de thé avalé du matin au soir. Tout cela sous une pluie sans fin. Le bonheur en tweed. De retour cité de Varenne, il se ressaisissait. Enfin, ce n'était pas sérieux... Lui, se mettre à draguer l'épouse d'un client ? Et pas n'importe lequel, en plus. En machiste latin bon teint, Bianchi était volage mais possessif et bagarreur, habité par cette jalousie orgueilleuse et violente de ceux qui battent les épouses qu'ils délaissent. Être cocufié par un asticot comme Beuvron le rendrait fou furieux. Paul se voyait déjà les jambes brisées, ligoté dans le coffre d'une Mercedes... En l'occurrence, il ne se passait rien. Si le ministre l'avait vu, il l'aurait traité d'eunuque.

D'autres questions et inquiétudes trottaient dans la tête de Paul. Des années après sa liaison avec Charlotte, il se retrouvait à nouveau à l'orée d'une histoire d'amour qui échapperait aux conventions. Pourquoi donc restait-il insensible aux femmes de son âge ? Pourquoi les filles plus jeunes, même âgées de trente ans comme Marilyn, lui semblaient être des enfants ? En même temps, Louise l'intimidait. Que savait-il des désirs, des doutes et des attentes d'une femme de plus de cinquante ans ? Ne trouverait-elle pas absurde ou incorrect, déplacé, qu'il sorte de sa réserve ? Peut-être n'attendait-elle que ça au contraire – n'arrivant pas à faire le premier pas, il ne le saurait jamais.

Un jour qu'ils prenaient un café au Fumoir, à Louvre-Rivoli, Louise s'est ouverte auprès de Paul au sujet de ses difficultés conjugales.

Sa vie n'avait pas toujours été simple auprès de Bianchi. Elle ne lui reprochait pas sa vie de patachon, ni même ses infidélités – enfin ils s'étaient peu vus ces trente dernières années... Elle se souvenait précisément du jour où il était venu la chercher à la clinique après la naissance des jumeaux. On était début juillet. Albert lui avait dit qu'elle devait se reposer – il les avait jetés les trois enfants et elle dans la villégiature du Luberon de ses beaux-parents, et il était parti pour Cadaqués, où son copain Maldini avait loué une villa. Dans le Luberon, les bébés criaient, Louise ne dormait pas de la nuit. Albert, de son côté, devait vraiment être épuisé pour avoir besoin d'une telle coupure... Après Cadaqués, il avait rejoint Rascasse à Ibiza, de là ils avaient pris le ferry pour Formentera. Quand ils s'étaient retrouvés en septembre, à Paris, Louise était cadavérique. Albert, lui, était carbonisé par ses deux mois de vacances au soleil. Louise avait compris que c'était fini entre eux, et que dorénavant elle s'occuperait seule de leurs enfants.

Et pourtant elle était restée. Pourquoi ? Paul ne voulait pas se montrer indiscret. Enfin, elle n'avait pas pu lui dire ça par hasard... N'était-ce pas une manière implicite de lui faire comprendre qu'elle était libre, ou du moins en voie de libération ? Elle ne pouvait pas partager avec d'autres que lui cette clandestinité.

Leur romance platonique a duré un an et demi, dans le plus grand secret. Pendant tout ce temps, le chaste Paul a rêvé à cette femme inaccessible – qui se serait peut-être montrée disponible si seulement il avait osé saisir sa chance. La peau et la personnalité profonde de Louise lui échapperaient toujours. Au jardin du Luxembourg, sur le pont de l'Alma, ou sur ce banc place des Vosges : plus d'une fois leurs épaules se sont frôlées, leurs mains se sont effleurées. Au lieu de se lancer, Paul s'immobilisait, ses gestes étaient comme pris dans le givre tandis que dans sa bouche les mots s'asséchaient. Figé et frustré, étourdi et éteint, il rentrait cité de Varenne le cœur en miettes. C'était au-dessus de ses forces. Alors qu'il savait que, n'avoir jamais su se déclarer à Louise, il le regretterait toute sa vie.

Le jour de décembre où Louise a été renversée par une camionnette, elle avait rendez-vous avec Paul. Cette fois-ci, il se sentait prêt. Il avait prévu de prendre le taureau par les cornes et de lui avouer ce qui se tramait en lui depuis dix-huit mois. Elle ne s'est jamais présentée au salon de thé. Il l'a attendue une heure avant de l'appeler. Elle ne répondait pas. Alors il est parti.

Le lendemain, il a appris pour son accident.

L'enterrement à Saint-Roch a été le coup de grâce. Un boulet de canon dans le ventre. Paul était assis au fond de l'église. Le discours honteusement sirupeux de Bianchi lui a donné envie de vomir. Il lui semblait qu'il n'avait même pas le droit de pleurer. Si encore il avait été l'amant officiel de Louise, ses larmes auraient eu un sens. En tant qu'amoureux imaginaire, il n'existait pas. Sa peine même était illégitime, n'étant sue nulle part, ne pouvant être reconnue par personne. Avant la fin de la cérémonie, il est sorti de Saint-Roch sur la pointe des pieds, se sentant invisible derrière son manteau, en ombre qu'il était.

En janvier, juste après les révélations de *L'Express* au sujet de Rossi, une seule personne a appelé Paul pour l'assurer de son soutien : Bianchi. Paul avait craint des représailles, mais Bianchi était beau joueur, indifférent – ou il avait encore une idée tordue derrière la tête. Il a dit à Paul qu'il avait besoin d'un remontant. Qu'il vienne donc boire un whisky place Vendôme ?

Deux jours plus tard, en fin de journée, mon ami se trouvait dans le bureau du ministre.

« Trinquons donc, mon cher, cela nous fera oublier nos malheurs, moi mon veuvage et vous votre sale affaire. C'est que vous êtes dans la mouise !

— Je ne vous le fais pas dire.

— C'est dans ces situations-là qu'on voit sur qui on peut compter. La famille a un sens pour moi, et j'estime que vous en faites partie. Par ailleurs, j'ai défendu les pires bandits du pays, ce n'est pas quelqu'un qui a recopié des romans de Danielle Steel qui va m'effrayer. Enfin, je vous trouve mauvaise mine. Il faut vous remettre en selle. Et j'ai justement un travail pour vous.

— Emma a mis ma tête à prix. Elle me recherche mort ou vif. Je suis à jamais tricard chez Marcillac…

— Ne voyez pas tout par le petit bout de la lorgnette : l'édition ne se réduit pas à Marcillac. Louise était publiée chez Gallimard. C'est plus chic, non ? Sa meilleure amie, Valentine Legrand, s'occupait d'elle là-bas. Valentine est quelqu'un qui compte au comité de lecture de Gallimard. Elle y a carte blanche. Je lui ai déjà parlé de mon projet : *Le Tombeau de Louise*.

— De quoi s'agit-il ?

— À votre avis ? D'un livre sur la mort de ma femme. Je vous fais toute confiance : vous en avez dans le citron ! Vous aviez su trouver ma voix dans *Justice pour tous*. Faites pareil pour *Le Tombeau de Louise*, mais avec moins d'esbroufe. L'heure est au profil bas. Je dois m'y montrer la gorge nouée, à nu et à terre, à hauteur d'homme. Avec Louise, nous ne nous aimions plus depuis longtemps, mais là n'est pas la question. Je dois émouvoir nos compatriotes par mon attachement. Je vois du clair-obscur… Ayez en tête ces mots-clefs : le Caravage et Rembrandt. Mettez bien en avant ma douleur et ma douceur, sur une centaine de pages qui vous seront payées au black – grassement. Et surtout, bâclez-moi ça en deux mois pour qu'on ait le manuscrit en mars. L'idéal serait de sortir le truc courant mai, juste après ma victoire à la présidentielle. Ainsi je serai intouchable. Quel adversaire osera frapper un homme en deuil ? Fustiger un honnête mari meurtri ? Étrangler sans scrupules un pauvre sexagénaire détruit ? Et puis être l'auteur de ce livre intimiste paru chez Gallimard bonifiera mon image auprès des femmes et des intellos. Ce sera extra pour ma stature présidentielle. Ça grandira la fonction ! »

Paul n'a jamais attaqué cette dernière commande. À la place il a tenu pendant un mois le *Journal d'un homme fini* – des fragments souvent très inspirés où s'exprime comme jamais son incapacité à vivre. Il y est question de Louise. Ne pouvant être à elle, il ne voulait être à personne d'autre. Il la compare à Marie-Antoinette, s'identifiant pour sa part à Axel de Fersen. Son immaturité affective est transfigurée par des fulgurances, des retours de flamme de son génie littéraire. J'ignore dans quel état d'alcoolisation et de détresse il se trouvait quand il notait ces phrases.

Mi-février, rappelons-le, il se tuait.

20.

À l'ami à qui je n'ai pas sauvé la vie

Le frégolisme a ses limites. Le funambulisme aussi. On ne peut pas marcher éternellement sur le fil d'une vie artificielle, en équilibre instable sur des phrases creuses. Malgré une dextérité à toute épreuve, mon ami Paul était destiné à tomber dans le vide, comme Lionel Terray un jour de 1965 dans le massif du Vercors.

La mère de Paul a appris sa mort par un cousin abonné au *Monde*, qui y a lu la nécrologie très informée écrite par Diane Dargaud. Paul lui ayant parlé de moi, la Mata Hari du journalisme littéraire m'avait joint après avoir su pour son suicide. Le lendemain de la parution de son article, elle a reçu un appel affolé de Mme Beuvron, et elle nous a mis en relation. J'avais moi-même cherché dans l'annuaire des Beuvron habitant à Grenoble, sans en trouver – sa mère vivait en fait à côté, dans une banlieue. J'avais déjà organisé les obsèques de Paul lorsque nous nous sommes enfin parlé, elle et moi. Elle m'a dit que c'était mieux comme ça. Qu'elle n'aurait pas eu le courage de s'en occuper. Et que de toute façon son mari n'était plus là, ce que je savais, et que Paul avait rompu avec tout le monde dans leur famille, ce dont je me doutais.

Elle est donc venue seule à Notre-Dame-de-Grâce de Passy – une petite dame aux cheveux courts, avec de légers reflets violets. Le père William, curé de la paroisse, m'avait aidé pour la feuille de messe. J'avais l'impression que nous étions les deux seuls concernés par cette cérémonie. Paul était déjà oublié. Emma Roche, comme je m'y attendais, n'a pas fait le déplacement. Personne ne représentait les éditions Marcillac, que le stakhanoviste avait quand même longtemps servies avant sa trahison. Rossi, Marilyn, Senghor Sarr : aucun n'était là – ce dernier avait dû être retenu prisonnier par ses psychiatres. J'ai réconforté Claudia, la femme de ménage de Paul, qui n'avait pas cru à sa mort au début – lors des six mois précédents, il avait simulé deux fois un suicide pour lui faire une farce. Alors que le père William accueillait la maigre assemblée, quelqu'un a ouvert la porte : Albert Bianchi. Si son régime ne lui avait pas permis d'entrer dans son maillot de bain, son costume noir ne lui allait pas si mal. Le ministre a voulu dire quelques mots. Il a parlé sans papier. Pour une fois, il n'était pas en représentation, et sa compréhension de ce qu'était

Paul m'a agréablement surpris. Je l'ai vu sous un jour différent : cet Albert pouvait avoir des ailes.

À la fin de la messe, nous avons récité une dernière prière sur le parvis. Puis les croque-morts ont chargé le cercueil dans le corbillard. La mère de Paul disparaissait dans son écharpe. Je lui ai dit tout le bien que je pensais du génie de son fils, en lui cachant la noirceur dans laquelle il s'était engouffré.

« Quand l'avez-vous connu, exactement ?

— En septembre 2003, à Daniélou. Nous étions ensemble en hypokhâgne.

— Paul a toujours été en avance. Je n'aime pas dire qu'il était surdoué, enfin il était précoce... Il nous faisait la guerre, à son père et à moi. Nous n'étions pas assez bien pour lui, l'enfant prodige. Nous avons fait de gros efforts pour l'envoyer dans le privé à Grenoble, puis à Lyon ; plus tard nous avons dû emprunter pour qu'il aille à Daniélou. »

Elle m'a raconté que Paul ne vivait que pour la lecture, ne rêvait que de Paris. Balzac avait été l'une des passions de son adolescence. Sa mère lui avait offert les *Illusions perdues* dans une très belle édition - ce livre deviendrait son roman favori. C'était à Noël 1999, un souvenir qui restait très frais dans sa mémoire. Elle avait retrouvé des photos l'autre jour, après avoir appris la nouvelle... Paul souriait devant le sapin, avec à la main ses *Illusions perdues*. Nous étions encore au XXe siècle. Bien qu'issue d'un milieu ouvrier en phase terminale de désintégration, Mme Beuvron gardait l'espoir d'une vie meilleure. Le XXIe siècle s'était chargé de la détromper.

Le soir même, ayant enfin réussi à faire dormir mes enfants, j'ai repris dans ma bibliothèque mon exemplaire des *Illusions perdues*, un vieux livre de poche jauni. J'ai feuilleté le roman et relu attentivement les préfaces que Balzac avait écrites lors de la parution espacée des trois parties. Je tombais de sommeil, mes paupières étaient lourdes, du plomb, mais plusieurs paragraphes m'ont tiré de ma torpeur, tellement frappants qu'ils m'apparaissaient phosphorescents dans mon salon mal éclairé.

Que penser de ça ?

« Mais ce livre empêchât-il seulement un jeune poète, une belle âme, vivant au fond de la province, au milieu d'une famille aimée, de venir augmenter le nombre des damnés de l'enfer parisien qui se battent à coups d'encrier, se jettent à la tête leurs œuvres avortées, et s'arrachent la fourche pour faner à l'envi l'un de l'autre les fleurs les plus délicates, ce livre aurait fait une bonne action. »

Ou de ça ?

« Les abîmes ont leur magnétisme. Au moins apprendra-t-on ici que la constance et la rectitude sont encore plus nécessaires peut-être que le talent pour conquérir une noble et pure renommée. »

Et de ça, enfin ?

« C'est d'ailleurs le sens général des *Illusions*. Il n'y a que les esprits d'élite, les gens d'une force herculéenne auxquels il soit permis de quitter le toit protecteur de la famille pour aller lutter dans l'immense arène de Paris. »

Étonnant classique de notre littérature, qui a entraîné bien des contresens… Homme averti, Balzac aurait voulu que les provinciaux restent dans leur chaumière, auprès de leurs parents, à tricoter au coin du feu en attendant la fin de la cuisson de leur gigot de sept heures. Au lieu de ça, de génération en génération, des tas de jeunes inconscients ont fait de son roman leur bréviaire et sont venus à la capitale se cramer la cervelle et le cœur. Paul avait beau en avoir « dans le citron », comme le lui avait dit Bianchi, il avait reçu un mauvais coup sur la calebasse.

Qui pouvait encore me dire quelque chose au sujet de Paul ? Valentine Legrand, l'éditrice de Louise Astor. Elle a accepté de me recevoir dans son bureau.

Je n'étais encore jamais allé chez Gallimard, sanctuaire des lettres françaises aux airs de décor de théâtre un peu passé – au rez-de-chaussée, des salles de réunion grandes comme des salles de bal ; dans les étages, un dédale de minuscules bureaux dont la disposition rappelait celle des appartements du château de Versailles.

Valentine Legrand était une figure de ce petit royaume. Nous étions encore en hiver, mais sommes descendus avec nos manteaux prendre un café autour d'une table en bois du jardin. Au bout de la pelouse, derrière une fontaine, était planté le charmant palazzo en trompe-l'œil où travaillait l'équipe de la Pléiade.

Valentine Legrand parlait bas, d'une voix de fumeuse.

«Je ne me remets pas de cet accident... Louise portait encore de nombreux livres en elle. Elle préparait un essai sur Jane Austen qui s'annonçait merveilleux. Elle avait de l'énergie, des projets, plein d'idées originales... Enfin, ce n'est pas pour ça que vous vouliez me voir, si j'ai bien compris ce que vous m'avez écrit?

— En effet.»

Qu'avait-elle à m'apprendre sur le mariage malheureux de Louise Astor que je n'aie déjà deviné? La femme de lettres franco-anglaise était un esprit bien trop libre pour se dire sous emprise. Bianchi avait tout du tyran domestique, mais elle avait appris à s'en détacher, à vivre dans sa tête – et puis les couples sont toujours bien plus complexes qu'on le croit de l'extérieur. Il n'y avait pas entre elle et son mari de contrat clair, tout était tacite, enfin elle était bien contente d'être souvent soulagée de la présence du butor, de dormir seule dans leur lit. Et lui faisait moins le fier quand il revenait laminé de certaines de ses histoires avec des mantes religieuses...

«Et Paul dans tout ça? Quelle place a-t-il occupée dans la vie de votre amie?»

Louise en avait parlé à son éditrice. Elle lui trouvait du talent et du charme. Ça la touchait, aussi, d'avoir un soupirant; ce côté désuet ne lui déplaisait pas, au début en tout cas. Louise avait le sens du devoir, mais ses trois enfants étant partis elle savait que c'était le moment ou jamais pour vivre une histoire, voire refaire sa vie. La différence d'âge ne la gênait pas. À un moment, elle aurait pu s'abandonner. Si seulement Paul s'était montré moins pusillanime, plus entreprenant...

Valentine Legrand m'a soutenu cette théorie : on ne parle plus que de gestes déplacés, et on oublie que tous les hommes ne sont pas comme ça, que certains sont obnubilés par une autre forme de perversion qu'elle nommait l'« obsession sentimentale ». Selon elle, une femme normale ne peut se contenter d'être une image pieuse, les femmes ne sont pas sages comme des images, elles n'attendent pas que l'on dépose des fleurs au pied de leur statue, avant de leur adresser des louanges les mains jointes. Ainsi Louise s'était-elle lassée du caractère timoré de Paul. Plus téméraire, Bianchi avait une présence, une force physique. Au fond, Louise avait aimé cette altérité, alors qu'étreindre Paul aurait été comme serrer contre soi un petit frère, à la fois trop ressemblant et trop frêle – une pensée qui lui était désagréable.

« Je trouve ça dur pour Paul...

— Nous avions déjeuné ensemble avec Louise deux jours avant sa mort : elle m'avait dit que ce flirt n'avait que trop duré, qu'il était temps qu'ils cessent de se voir, Paul et elle. Elle comptait le lui annoncer. Mais cette conversation n'a jamais eu lieu. »

Pauvre Paul : par peur d'être indélicat il avait tout perdu. Puis il était mort pour une illusion de plus. Et moi qui l'avais parfois pris pour un garçon cynique, alors qu'il était en vérité le dernier des romantiques…

J'ai fini de ranger ses affaires : dans son armoire, j'ai retrouvé le duffle-coat et l'écharpe écossaise de nos années Daniélou. M'est venue l'idée qu'il aurait pu se pendre dans cette penderie – n'était-ce pas comme ça que mourait le narrateur du *Roman national*?

Puis j'ai achevé de trier les papiers de Paul. Il y avait ces manuscrits à peine ébauchés, *Work in Progress* et *Les Hautes Sphères*. Certains écrivains annoncent toute leur vie des chefs-d'œuvre, et une fois qu'ils ne sont plus là on ne trouve que des ordonnances dans leurs tiroirs. Paul appartenait à cette famille. Je me suis allongé sur son lit en tentant d'imaginer ce qu'il avait pu avoir en tête à la fin de sa course folle. Sur sa table de chevet s'empilaient les livres qu'il avait lus ou relus lors de ses dernières semaines : *L'Éducation sentimentale*, *La Montagne magique*, *Le Jardin des Finzi-Contini* de Bassani, *Lettre d'une inconnue* de Zweig et les *Lettres à Felice* de Kafka. De nombreuses pages en étaient cornées.

Le chauffage était coupé dans l'appartement et il faisait un froid de canard en ce mois de mars où prenait fin ma petite enquête autour de mon meilleur ami de jeunesse. Contrairement aux idées reçues, on devrait dire aux bacheliers de se méfier des études : avec ses facilités et ses diplômes, Paul s'était cru obligé de jouer le singe savant, et il s'était auto-détruit ; alors que devenir un cancre en prépa m'avait sauvé. Je nous ai revus, lui et moi, quand nous rentrions après les cours par la rue Lionel-Terray. Paul me parlait avec enthousiasme de l'alpinisme littéraire, des cols qu'il gravirait, des voies nouvelles qu'il ouvrirait. Les dés n'avaient pas encore été jetés. Tout était encore envisageable, alors, dans les nuits noires de Rueil-Malmaison.

Au fond de moi montait un air de disco, le « I Feel Love » de Donna Summer. J'étais soudain dans le salon de Charlotte. J'ai fermé les yeux en essayant de retrouver le parfum de ces soirées d'antan, quand nous n'étions encore que deux petits farceurs du bois de Saint-Cucufa, ignorants du jeu social et de ses pièges. Je planais comme après, j'imagine, une voluptueuse prise d'opium.

Un coup de fil de mon épouse m'a fait redescendre aussitôt : à quelle heure comptais-je rentrer ? Il était vingt-trois heures. Déjà ? Je me suis levé. J'ai éteint les lumières et fermé la porte à clef. Puis je suis sorti. Je m'en voulais de n'avoir pas réussi à aider Paul, de n'avoir pas su ou pas voulu voir la profondeur de son mal-être. Je me suis souvenu que Charlotte m'avait prévenu que les garçons puis les hommes sont incapables de se parler entre eux, par pudeur selon la légende, par négligence et lâcheté en vérité. Elle prétendait que nous ne sommes bons qu'à nous dissoudre lentement mais sûrement dans nos égoïsmes. Une fois dans la rue, ayant toujours mon téléphone à la main, j'y ai cherché notre correspondance avec Paul. J'y ai retrouvé ces quelques mots, les derniers qu'il m'aura adressés : il me disait de ne surtout pas m'inquiéter pour lui.

Ce livre existe grâce au travail de toute une équipe.

Communication : Caroline Babulle, Sandrine Perrier-Replein, Sabrina Bendali, Inès Paulin, Adélaïde Yvert.

Coordination administrative : Martine Rivierre.

Studio : Pascaline Bressan, Barbara Cassouto-Lhenry, Joël Renaudat.

Fabrication : Muriel Le Ménez, Céline Ducournau, Bernadette Cristini, Sophia Paroussoglou, Isabelle Goulhot.

Commercial, relation libraires et marketing : Catherine Lauprêtre, Perrine Therond, Ombeline Ermeneux, Élise Iwasinta, Morgane Rissel, Arthur Rossi, Aurélie Scart.

Cessions de droits : Elisabeth Stempak, Benita Edzard, Lucile Besse, Sonia Guerreiro, Costanza Corri.

Gestion : Sophie Veisseyre, Chloé Hocquet, Isabelle Déxès, Camille Douin.

Services auteurs : Viviane Ouadenni, Jean-François Rechtman, Catherine Reimbold.

Ressources humaines : Mylène Bourreau.

Juridique : Laëtitia Doré, Anaïs Rebouh, Valérie Robe, Lucie Bergeras, Julia Crosnier.

Avec le soutien des équipes d'Interforum et d'Editis qui participent à la création, la diffusion et la distribution de ce livre.

Canoros Vehit Canentes

La photocomposition de cet ouvrage
a été réalisée par
GRAPHIC HAINAUT
76, rue de Nancy
59100 Roubaix

#lisez! engagé
www.lisez.com
Pour plus d'information :
Imprimé sur du papier issu de forêts gérées durablement.

CET OUVRAGE
A ÉTÉ ACHEVÉ D'IMPRIMER
SUR ROTO-PAGE
PAR L'IMPRIMERIE FLOCH
À MAYENNE EN MAI 2023

N° d'édition : 65748/01 – N° d'impression : 102658
Imprimé en France